VIP
はつ恋

高岡ミズミ

white heart

講談社X文庫

目次

イラストレーション／沖《おき》　麻実也《まみや》

VIP《ブイアイピー》　はつ恋《こい》

自分の名前を呼ぶやわらかな声を聞くと、すさんだ心が嘘《うそ》みたいに凪《な》いだ。
初めて会った日から、彼は特別だった。

1

帰り支度をしていると、スタッフルームのドアが開いて津守《つもり》が入ってくる。

「お疲れ様です」

バーテンダーとしての仕事も板につき、近頃ではファンを公言して、津守に会うために通ってくる客がいるほどだ。『月の雫《しずく》』にとってはありがたい半面、そのファン同士が張り合う場面もあり、ひやりとさせられたことは一度ならずあった。

そういうときは宮原《みやはら》の出番だ。当人たちに気まずい思いをさせずにうまくおさめる手腕はいつ見ても感心するし、見倣いたいと思っている。

「お疲れ様。どうかした？」

なにか言いたそうな様子の津守に、なにげなく問う。切り出すタイミングを待っていたのか、津守は自身の携帯電話をこちらへ向けてきた。

「これ、知ってました？」

なんのことかと首を傾《かし》げてすぐ、聞き憶《おぼ》えのある声が耳に届く。

――殺されてもいいって？　ルカは、子どもの頃から少しも変わってないっ。なんでもそうやってはぐらかして。

録音したのは沢木《さわき》だ。あのとき久遠《くどう》は、データを送るとマイルズに話していた。

――銃を下ろせ！　ボスはまだフェデリコなんだろ。ジョシュを少しでも傷つけることは許されないぞ。

この声は、五十嵐《いがらし》。音声を聞いて、あの日のやりとりが明瞭《めいりょう》によみがえってくる一方で、自分の存在が完全に消されていることにも気づいていた。

「いや、知らなかったけど――その場にいたから」

どうやらこれに関して、津守はそれほど驚いていないようだ。むしろ合点《がてん》がいったとばかりに顎《あご》を引いた。

「五十嵐ルカは、あえて柚木《ゆぎ》さんを巻き込んだってことか」

やはり津守もそういう判断に至ったらしい。久遠絡みの音声データをここで聞かせてきたことでそれがわかる。

先日津守と宮原、村方《むらかた》には五十嵐との経緯を掻《か》い摘《つ》まんで話した。携帯をとりあげられ、無理やり奥多摩《おくたま》の実家へ連れていかれたこと、そこに五十嵐の知人とともに久遠が偶然現れたこと。

ただしその知人がロマーノ家の人間で、ましてや五十嵐がフェデリコ・ロマーノの落胤《らくいん》だとは言いづらく、今日までそのあたりは明言してこなかった。

「ごめん。なんだか、五十嵐さんの素性に関しては話しづらくて」

結果的にはぐらかした形になったので謝罪したところ、津守らしい返答がある。

「そりゃ話しづらいでしょ。俺だって、言えなかったでしょうし。っていうか、言われても騙《だま》されてるんじゃないかって思ったんじゃないかな」

確かに、と全面的に同意する。仮に自分が「じつは、会いにいった彫刻家の五十嵐さんって、かのフェデリコ・ロマーノの息子らしい」と言われたとしても、なんの詐欺かと疑ったにちがいない。

「それにしても、よく見つけたよな」

日々、アップロードされる大量のデータのなかから、という意味の問いには、たまたまだと返ってくる。

「なにかあったときは、一応、ざっとチェックしてみることにしてるんです。これに関しては、再生回数が半端なくて、すぐ目につきましたけど」

津守の言葉に再生回数を見て、その数字と勢いに驚く。が、それ以上にアップロードサイトをチェックしたという一言に胸が熱くなった。

フェイク動画を流された過去があるからこそで、もちろんプロ意識の高さもあるだろうが、津守の友人としての想《おも》いをひしひしと感じて、それが純粋に嬉《うれ》しかった。

ありがとうと心中で礼を言い、

「本当にすごい再生数」

一言だけ答える。感謝の言葉を言い始めたら、切りがないほどみなには支えられているし、津守なら「お互い様」と笑ってあしらうのはわかっていた。

「あれ、まだいたんだ」

ひょいと顔を覗《のぞ》かせた宮原が少し呆《あき》れた表情になり、パンパンと手を打った。

「さあ帰って帰って。きみら、明日も『Paper Moon《ペーパームーン》』があるんだし、帰って休まなきゃ」

宮原に追い立てられ、はーいとふたり揃《そろ》って返事をする。スタッフルームを出たその足で、店の外へ向かった。

「じゃあ、また明日」

「お疲れ様」

近くのパーキングまで肩を並べて歩き、そこで津守とは別れる。バイクへ歩み寄る背中を横目にスクーターに跨《また》がった和孝《かずたか》は、つかの間、普段からの癖で顔を上げた。視界いっぱいに広がる空に浮かんだ黒雲が先日の雨の名残《なごり》か湿気を含んだ風に押し流され、隙間《すきま》から淡い月が覗いている。さわやかな初夏の星空とは言えないが、日ごとちがう顔を見せる都会の夜空も捨てたものではない。

視線を戻してエンジンをかけると、自宅へとスクーターを走らせる。気がはやるのは、自分の帰りを待っていてくれるひとがいるからだ。

ほんの数十分の距離が、今夜は特段もどかしく感じる。

いま久遠はなにをしているだろう。引き止めるために用意した酒の肴《さかな》を平らげ、風呂《ふろ》も終えてくつろいでいるところだろうか。テレビを観《み》る習慣はないので、新聞でも読んで時間を潰《つぶ》しているか。

「まさか、帰ったってことはないよな」

その可能性もなきにしもあらずだ。これまで不測の事態で急遽《きゅうきょ》事務所に戻るはめになったのは、一度や二度ではない。そのたびにしようがないこととあきらめてきた半面、比較的落ち着いている現状だからこそ、欲が出てしまう。

いまくらいこっちを優先してもらっても罰《ばち》は当たらないんじゃないか、などと望むのは当然と言えば当然だった。

そんなことを考えつつマンションの駐車場にスクーターを乗り入れる。足早にエントランスを通り抜け、ちょうど一階で停《と》まっていたエレベーターに乗り込んですぐ、焦って帰らなくても電話一本入れればすむ話だったと気づいた和孝は、なにやってるんだと苦笑するしかなかった。

まるで学生みたいな恋愛をしている、と呆れてしまう。いままで降りかかってきた数々の災難はさておき、自身の心情的にはいまがもっとも純粋かもしれない。

今回の出来事でもそれがよくわかった。奥多摩の五十嵐の実家に現れた久遠を目にした瞬間、他のすべてが二の次になり、意識のすべてがたったひとりに向かったのだから。

どうにも照れくさい心地になりながらドアを開けると、そこに久遠の革靴を見つけて、ほっと息をつく。なにをしているのか、興味本位から音を立てずに廊下を進み、リビングダイニングのドアをそっと開けた和孝が目にしたのは、予想もしていなかった姿だった。

風呂はまだらしく、スラックスとワイシャツを身に着けたままの久遠がソファに横になり、目を閉じている。寝顔を目にする機会自体が稀《まれ》なので、起こさないよう足音を忍ばせて歩み寄り、その場で覗き込んだ。

端整な顔はストイックなイメージすらあるのに、どこか色気を感じるのはいまは閉じられている目のためか、それとも唇の形のためか。じっと観察していると、微《かす》かに口角が上がったのがわかった。

直後だ。

「わ」

ぐいと腕を引っ張られ、久遠の上に倒れ込む。

「なんだよ、狸寝入《たぬきねい》りか」

息を殺して見つめていた自分が恥ずかしくなり、ふいと顔を背けた和孝だったが、こめかみに口づけられると途端に胸が疼《うず》きだす。

「いや、あんまり暇でうとうとしていた」

音を立てないように気をつけたつもりでも、どうやら気配で起きたらしい。職業病なのか、もともとなのか、昔から眠りの浅い久遠がぐっすり眠れる日が来るとすれば、それはきっと引退してからだろう。

まだ当分先だ、と半ばあきらめの境地で和孝は顔を戻し、正面から久遠を見下ろした。

「ただいま。いい子で待ってた？」

前髪を掻き上げながらの問いに、久遠の目元がやわらぐ。

「そうだな。ゆっくり晩酌をしながら待つのも悪くなかった」

この一言には思わず頬《ほお》が緩んだ。まさに、それこそが酒の肴を用意した理由だったからだ。少しでもリラックスした時間を過ごしてほしい、その手伝いをしたい、その思いは仕事であってもプライベートであっても変わらない。

「よかった」

素直に喜び、額に口づける。

「一緒に入る？」

視線をバスルームのほうへ向けた和孝は、返事を待たずに、身を起こした久遠の首に両手を回して誘う。だが、しがみついたまま運んでもらおうとしたまさにそのタイミングで、こんな時刻にいったい誰がなんの用事なのか、無粋にもジャケットのポケットの中の携帯電話が震え始めた。

迷ったのは一瞬で、久遠から身を離した和孝は、携帯を手にする。登録していない番号には見憶えがあり、作品を依頼している立場上、居留守を使うのは憚《はばか》られ、視線で久遠に断ってから渋々携帯を耳へやった。

『よかった。まだ起きてた』

どうやらこちらが深夜だという認識はあるようだ。

「時差をご存じみたいで、安心しました」

この程度の皮肉は許されるだろう。なにしろせっかくくつろいでいたところを邪魔されたのだ。

「ご用件はなんでしょう」

それでもわざわざフロリダからかけてきたくらいなので、よほどの用事があるにちがいないと促したのだが。

『じつは頼みがある』

相変わらず傍若無人と言おうか、厚顔と言おうか、五十嵐はトラブルに巻き込んだ先日の出来事などなかったかのような気軽さで夜中に電話してきたかと思えば、平然と頼み事を持ちかけてくる。

こちらがまだ受けるとも言っていないうちに、先を続けた。

『俺の実家のガレージにあるチェストに、ＳＤカードが入ってる』

「ＳＤカード？」

『そう。抽斗《ひきだし》の裏に貼《は》りつけてあるから』

だからなんだというのだ。怪訝《けげん》に思い、首を傾げる。

『柚木さんが回収して、持っててくれないかな』

その後の一言はますます意味がわからず、「はい？」と思わず問い返していた。

『だから、ＳＤカードを保管しててほしいんだ』

「……俺が、ですか？」

『そう』

こちらの戸惑いを無視して、一応と先日、拉致《らち》同然に連れていかれた実家の住所を告げてくる。どうやら本気でお使いを頼むつもりらしい。

「どういうことでしょう」

なんで俺がと口調に込める。

五十嵐の意図はさておき、私的な用事であればマネージャーに頼むのが筋だ。依頼者の立場とはいえ、たった一度しか会っていない自分が電話一本で承知すると思っているのであれば、とんだ勘違いだというほかない。

『どういうって、知ってのとおり俺はアメリカにいるし、帰国するまで預かっててもらいたいからなんだけど。大事なものだし、放置しておくのも心配だろ？』

大事なものであればなおさらだ。

「他のひとを当たってください。マネージャーの佐久間《さくま》さんでしたか。彼に頼まれたらどうですか」

お断りだと言外に告げたが、五十嵐には通用しない。なおもしつこく言葉を重ねる。

『雇い主の居場所をすぐに教えるような人間は信用できない。SDカードの中身、母親の死に関しての情報なんだよ』

「………」

よもやこういう話だとは予想だにしていなかった。五十嵐の母親はクルーザーの事故で亡くなったと聞いた。十三歳のときに、目の前で。

『早いほうがいいけど、そこまで言わないから。時間の空いたときに俺の実家に行ってとってきてほしい』

「そんなものならよけいに預かれま――」

再度断ろうとした和孝だったが、最後まで言い終わる前に携帯をとりあげられた。通話を切った久遠は、呆れた様子でかぶりを振った。

「相手は五十嵐か。なんだって?」

「あー……よくわからないけど、俺にSDカードを預かってほしいって言ってた。お母さんの事故の情報が入ってるからって……もちろん断ったけど」

てっきり今後も相手にするなと釘《くぎ》を刺されるのだとばかり思っていたのに、そうではなかった。

「うちの者に行かせる」

意外な返答に久遠を窺《うかが》う。と、

「気になっているんだろう？　五十嵐は一度であきらめるとは思えないし、次に連絡があったときは俺の名前を出せばいい」

「べつに……」

否定しかけて、どうせお見通しだとあきらめて頷《うなず》いた。おそらく自分の返答の歯切れの悪さを察してのことだ。確かに、無視したらしたでずっと引っかかるだろうし、五十嵐があきらめないというのもそのとおりだった。

当の五十嵐にしても、久遠に知られるのは承知のうえでの頼み事にちがいない。そこになんらかの意図があったとしても、現段階で疑念を抱くのは早計だ。それならいっそ、久遠の申し出を受け入れ、和孝自身はこの件から退《ひ》くのが得策かもしれない。

「わかった」

頷いたあとは気持ちを切り替え、五十嵐のことを頭から追い出す。すっきりしたとは言いがたいものの、だからといって久遠とふたりきりの時間を台無しにするつもりはなかった。

真後ろに立った久遠が手を前へ回してきた。

「そういえば、アップロードサイトに上がっていた音声、聞いた？　うまいこと俺の存在が消されてた」

「ああ、俺もさっき聞いたばかりだ」

久遠が指示したものではなかったか。となると、上げたのは先方ということになる。

「貸し借りナシらしい」

あの音声データにどんな効力があるのか、考え始めた矢先、首筋に唇が押し当てられたせいで頭が空っぽになる。身体《からだ》じゅうに熱が広がっていく心地よさにうっとりとし、他のことはどうでもよくなった。

軽く触れてくるだけの唇にたまらなくなり、体勢を変えると、すぐさま顔を寄せて口づけをねだる。

衣服を久遠の手で剝《は》ぎとられ、裸になる頃には夢中になっていた。

そういえば、風呂に誘ったんだった……とぼんやりする頭で思い出しても、すでに手遅れだ。バスルームが遠く感じられ、そのまま首にしがみつく。膝《ひざ》に引っかかっていた和孝の下着を足で床に落とした久遠は、焦《じ》らすことなく大きな手で性器に触れてきた。

「……ふ」

うなじに口づけられながら刺激されると、快感で脳天まで痺《しび》れる。膝まで震えだし、久遠の頭をすがりつくように抱いた和孝は、マルボロと整髪料の混じった匂《にお》いに包まれ、恍《こう》惚《こつ》となった。

「久遠、さん……」

あとは、与えられる快楽に溺《おぼ》れればよかった。

2

緑に囲まれたカフェのオープンテラスの一角で、ビーチを眺めつつ昼間からシャンパンを味わう。木々の合間から見えるのは、目に痛いほどの青い空と白い雲、きらきらと陽光に輝く海。思い思いにくつろぎ、愉《たの》しんでいる人々。

普段は室内にこもりきりで血の通わないものばかり対象にしている身からすれば、贅沢《ぜいたく》とも言えるだろう。

世界じゅうにリゾートは数々あれど、フロリダのサンセット・キーを選んだのは正解だった。ナンパだなんだとビーチで無駄にはしゃぐ者は皆無だし、親切の押し売りをされることもない。平穏そのものだ。

無論、その平穏が与えられたものだというのは承知している。

フェデリコ・ロマーノのボディガードで、秘書であるロバート・マイルズの息子、ジョシュア・マイルズ。これまでフェデリコの隠し子ではないかとの噂《うわさ》を一身にかぶってくれたジョシュアが、今回あの音声データを公開した結果、その疑念は晴れたとはいえ、いっそう面倒な立場になったのは間違いない。

音声のみで姿形が不明なため、ここまできてもまだ本物の隠し子について明確になったのは「ルカ」という名前だけだ。「ルカ」へのあらゆる臆測《おくそく》が飛び交う一方で、いらぬ詮《せん》索《さく》をしてくる者は後を絶たないだろう。

　本来であれば、大きな失態だ。

「本物」を始末できなかったうえ、音声データが全世界に向けて公開されるなどロマーノ家にとっては新たな火種でしかない。

「それにしても、暑いな」

　さっきまで吹いていた海風がやんだ途端、じわりと滲《にじ》んできた汗にルカはシャツの釦《ボタン》をひとつ外す。たったいまここを選んで正解だったと思ったにもかかわらず、なぜ暑い場所に来てしまったのかと早くも首を傾《かし》げたくなった。

　そういえば特にビーチが目的でも、マリンスポーツがしたかったわけでもない。軽い気持ちで羽を伸ばすのが目的だったのだから、涼しい場所へ行くべきだったのでは――と、いま頃気づいたところで手遅れだ。

　シャンパンもぬるくなってきたことだし、冷房の効いた部屋へ戻ろうか。

　グラスの水滴を指で撫《な》で上げた、直後だ。耳に届いた軽快な音に、テーブルの上の携帯へ手を伸ばす。メッセンジャーアプリを開いて確認し、そこに待ち人からのメッセージを見つけると思わず頰《ほお》が緩んだ。

「どこにいますか、か」

相変わらずそっけない。必要最低限――いや、こうして連絡を取り合っているだけまだいいほうだ。一方的に拒絶された過去が脳裏をよぎり、しばし考えると、一度打った『カフェ』の文字を消してから、『捜して』と送った。

『そういうのいいです』

即座に返ってきたメッセージもやはり簡潔だ。打っているときの顔まで想像できて、くく、と笑いながら負けじとこちらも送る。

『昔、よくやったよな。かくれんぼ』

さて、これにはどんな返事があるか。

『昔の話でしょう』か、あるいは『忘れました』か。『いいかげんにしてください』というパターンも考えられる。

が、そのどれも外れた。待てど暮らせど音は鳴らず、返信が途切れる。これはいよいよ機嫌を損ねてしまったかと、あらためて場所を伝えようとしたそのとき、

「ルカ」

背後から名前を呼ばれて反射的に振り返る。期待どおりのひとの姿を見つけた途端、立ち上がって腕を摑《つか》むという、自分でも予想外の行動に出てしまっていた。

「……なにやってるんですか」

窘《たしな》める言葉とともに眉根《まゆね》を寄せた彼は、すかさず腕を引く。と同時に抜け目なく周囲に

も目を配るところは、もはや染みついた癖だろう。ボディガードとしても、厄介事の対処

役としても優秀であるのは、かのフェデリコ・ロマーノが彼を傍《そば》に置き続けていることで

十分な証明になる。

そして自分は――。

そっぽを向かれ続けている、そう心中で呟《つぶや》いたルカは、あまりに自虐的だと苦笑しつつ

ふたたび椅子《いす》に腰かけた。

「本物かどうか、確かめたんだ」

ジョシュ、とその名を口にする。

「呼びつけておいて、よくそんなことが言えますね」

うんざりした様子でため息をこぼしたジョシュア・マイルズに、わざと軽い調子で肩を

すくめてみせる。呼びつけたのは事実でも、ジョシュアが来るかどうかとなれば別の話

だった。

行くと返事をもらってもなお半信半疑で、実際に自分の前に現れたジョシュアを目にし

て、ほっとしたくらいだ。

「よくここがわかったね」

「わかったわけじゃないです。単に、この暑いさなかにビーチには行かないだろうなと

思ったから、部屋に向かう前にカフェに寄ってみただけです」

ひとりであちこち動き回るほど行動力はないという意味らしい。面倒くさがり、と昔何度か言われたことを思い出し、くすぐったい心地になる。

が、おくびにも出さずに「そう？」と一言返し、ともすれば急《せ》いてしまいそうになる気持ちを懸命に抑え込み、緩慢な動きでジョシュアに向き直り、あえて礼儀正しく一礼した。

「わざわざ来てくれて、ありがとう」

残念ながら、ジョシュアからの返事はない。多少なりとも気恥ずかしさを覚えてくれたならいいのに、などと考えた時点で思う壺《つぼ》のような気もしていた。

「とりあえず、部屋に行こうか」

さっきよりもさらに出てきた汗を不快に感じつつ、ジョシュアとともにコンドミニアムの部屋へ向かう。

その後の数分、ふたりとも無言だった。

ジョシュを呼びつけるのが第一の目的で、なにを言おうとかどうしたいとか考えていなかったことにこの期《ご》に及んで気づく。まずは打ち解けるのが先決だろうが、実際顔を合わせると、いかに難しいかを悟った。

十数年の壁、というより感情的な面だった。そもそもジョシュアとふたりきりで顔を合わせて冷静な話ができるかどうか、考えるまでもなかった。

「あのあと、すぐにここへ？」

　部屋の前でジョシュアが聞いてくる。

　あの、というのは先日、実家にみなが勢揃《せいぞろ》いした際のことだ。柚木《ゆぎ》と久遠《くどう》――こちらは予定外だったが――マルチェロの部下。そして、マイルズの命で訪れたジョシュア。

「家の中はめちゃくちゃになったし、誰かさんがすぐに帰ってしまったから、気晴らしを兼ねて」

　半分は本当だ。気晴らしをしたかったし、その行き先にアメリカを選んだのは意図的だった。

　緑に囲まれた二階建てのコンドミニアムは、一階が１ＬＤＫ、二階が３ベッドルームという造りになっている。ルカ自身、ここに宿泊してからまだ四日ばかりだが、玄関のドアを開けると我が家に友人を招くようにジョシュアを中へ促した。

「それで、用事はなんですか」

　もっとも、友人であれば、お洒落《しゃれ》だとかひとり暮らしには贅沢だとか、意外に片づいているとか、部屋に関してなんらかの感想があってしかるべきだろう。いきなり本題に入《い》ったジョシュアは、カフェにいるときとなんら変わらず、態度も表情も一貫して硬い。出で立《た》ちこそカジュアルなシャツとトラウザーズだが、終始仕事モードだ。

「どうせ謹慎中だろ？」

そう焦らなくても、と続ける。

不本意なのか、ジョシュアの眉間《みけん》に一瞬だけ縦皺《たてじわ》が刻まれた。

「そうですね。ただ、急だったので」

「おとなしく家で謹慎していたかった？」

処分が謹慎程度ですんだのは、それだけジョシュアがロマーノ家にとって重要な人間だからだと言える。わざわざ日本にまで出向いておきながら、事前に揉《も》め事《ごと》の芽を摘《つ》むという使命を果たすどころか、育ててしまったも同然なのだ。

他の人間であれば確実にクビが飛ぶ。それどころか……。

「おじさんはなんだって？」

さぞ叱《しか》られたにちがいない。わずかな罪悪感とともに問うと、ジョシュアはかぶりを振った。

「特になにも。しばらく屋敷には出入り禁止だって言われただけで、自宅ではこれまでと変わりません」

へえ、と返す。

変わりようがないのかもしれない。養父子であるマイルズとジョシュは、当初から親子というより師と弟子のような関係に見えた。実際、マイルズは自身の後継者、ロマーノ家に仕える人間が欲しくて、当時はまだ十歳の子どもだったジョシュアに白羽の矢を立てたのだろう。

「なにか飲むだろ？　ビール、ワイン、シャンパン、どれがいい？」

キッチンの冷蔵庫に足を向ける傍ら、自身についても考える。こんなリゾート地にジョシュアを呼びつけ、なにがしたかったのか、と。

話をするためであれば、他にふさわしい場所もシチュエーションもある。現に、なにから切り出せばいいのか、どんな態度をとればいいのか測りかねていた。

「では、水をください」

ジョシュアのこういう部分も、ぎくしゃくとした雰囲気に拍車をかける。そもそも打ち解けようという気持ちが感じられない。

数年ぶりの再会を果たした先日のことを思い出し、口中で小さく舌打ちをした。再会を祝して酒を酌み交わす、どころか同じテーブルにすらつかなかった。

――それより業者に連絡したほうがいいんじゃないですか。

腹立たしいほどの冷静さでジョシュアは部屋の惨状を見回し、そう言った。

マルチェロの部下も柚木も久遠もいなくなり、茶番劇のすえに残ったのは、ジョシュアの言ったようにひどい有り様になった部屋だった。銃撃戦を繰り広げたのだから当然の結果で、内心、しまったと悔やみながら、じゃあカフェにでもと続けたところ、そちらも丁重に辞退された。

「泊まるところは？　決まってるなら、送っていくけど」

半ば自棄《やけ》で食い下がった。だが、

「車の手配だけお願いします」

またしても拒絶されて、平静でいるのは難しかった。

「へえ、仕事をせずに帰国するつもりなのか。まさか、日本に旅行しに来たわけじゃないんだろ？　手ぶらで戻ったら、マイルズに叱られるんじゃないのか？」

マイルズの名前に、ジョシュアの頬がほんのわずか強張《こわば》ったのがわかった。どうやらまだマイルズのことは怖いらしいと、当てつけもあってさらに皮肉めいた言葉を重ねていった。

「マイルズはなんだって？　懐柔、ってことはないだろうから、始末しろって言われたんじゃないのか？　果たさず、のこのこ戻って平気？」

なんならここで目的を果たしてもいいと、両手を広げてみせる。懐かしむ様子すら見せないジョシュアに腹を立てたとしても、誰も文句は言わないはずだ。

ジョシュアからの返答はない。黙っていることこそが答えとも言えるが、だからといって空気を読むつもりはなかった。

聞き分けのいい子どもを演じるのはもううんざりだ。

「失望されるかもな」

あえて厭《いや》な言い方をする。

「なぜ、連絡してきたんですか」

だが、それには反応せず、ジョシュアはこちらに矛先を向けてきた。実際、責めているのだと、自分へ向けられる双眸《そうぼう》でも察せられた。

「先に俺の質問に答えてくれないか」

そ知らぬふりをして促す。

一度短い息をついてから、ジョシュアが重い口を開いた。

「義父《とう》さんは、始末しろなんて言いません」

知っているはずというニュアンスが感じられたが、知るわけがない。マイルズに最後に会ったのは十年以上前、母親の死後、十四歳でアメリカを離れたときで、記憶にあるのは上っ面の笑顔だけだ。子どもの頃からの苦手意識は、マイルズの本音を肌で感じとっていたからだろう。

マイルズからすれば婚外子など揉め事の種、本来なら早々に排除したかったはずだ。

「一言、どうにかしろと」

思わず眉根が寄る。

たちが悪いにもほどがある。はっきりと「始末しろ」と命じるほうがまだマシだ。あえて曖昧《あいまい》な言い方をすることで、そこにジョシュアの考えを介在させようという意図が窺《うかが》えるだけに腹立たしい。

ジョシュアもジョシュアだ。

子どもの頃ならまだしも、三十になろうかという年齢にまでなって、いまだマイルズに言われるがままなんてどうかしている。本人に自覚がないぶんよけいに厄介だ。

「で？　俺をどうするって？」

苛々《いらいら》が声音に出てしまったが、取り繕わずに返答を待つ。つかの間思案のそぶりを見せてから、ジョシュアは肩をすくめた。

「どうすべきでしょう」

答えになっていない。ジョシュアもそれをわかっているのだろう、一拍の間のあと、

「問題が起きるのは、隠そうとするからだと彼に言われました」

ぽつりと、苦笑交じりでこぼした。

そういえば、久遠がそんなことを言っていた。

所詮《しょせん》、外野の気楽な意見にすぎない。フェデリコに婚外子がいると公に認めればどうなるか、火を見るより明らかだった。

特にフェデリコ自身の健康が危ぶまれている現状ではなおさらだ。これまでは噂レベルですんだが、事実となるとそうはいかない。

相続問題のみならず、ナナコの身辺を含めて本来無関係な過去まで、ありとあらゆることが面白おかしくとりあげられるに決まっている。

パパラッチに追いかけ回される生活なんて、想像しただけでぞっとする。彼らにとって少しの真実さえあれば、よりセンセーショナルな絵空事のほうが都合がいいのだから。

「そういうのは、そっちでやってくれないかな」

日本に住み、長らくロマーノ家から離れていた身からすればわざわざ巻き込まれたくないというのが本音だった。

もはや自分がロマーノ家の人間であるという意識も薄い。にもかかわらず引《ひ》き摺《ず》っている理由は、ひとつだ。

「それより、他に話さなきゃならないことがあるんじゃないか」

だが、そう思っていたのは自分だけだったらしい。

「フェデリコですか。あのひとは――」

なにを勘違いしたのか、この期に及んで父親の名前を出したジョシュアにはいいかげん嫌気が差す。

「言いたいことはそれ？　いつまでたってもマイルズの犬ってわけか」

いい歳《とし》をしてこんな言い方しかできない自分に対しては、苛立《いらだ》ちすらこみ上げてきた。仲たがいをしたかったわけではないのに、ジョシュアを前にすると冷静になれない。

「そう思うのならそうでしょう」

ジョシュアの返答も火に油を注ぐだけだった。

結局、気まずい空気のままジョシュアは去っていき、ひとりになってから悔やむはめになった。


あのときの身も蓋《ふた》もないやりとりを思い出すと、あれからもう一ヵ月近くたったいまでも胸の奥がもやもやとする。それもそのはず、翌朝早くに連絡をしたとき、ジョシュアはすでにホテルにはおらず、帰国の途に就いたあとだったのだ。

すぐに戻ってこいとマイルズに命じられたのだとしても、一言もないなんて、恨み言のひとつも言いたくなったとしても仕方がないだろう。

つまり歩み寄る気はないと、行動で示したも同然だ。

「どうしてフロリダに？」

この問いに、厭な記憶から目の前にいるジョシュアへ意識を戻す。差し出したミネラルウォーターのボトルを受けとったジョシュアは、口をつけることなく同じ質問をしてきた。

「ずっと日本にいたのに、どうしてこのタイミングでフロリダに来たんですか?」

これに関しては、ジョシュアが納得いく返答はできない。ジョシュアを追いかけての渡米というより、自分自身の迷いを振り切るためのような気がしていた。

「なんとなく」

そう返したところ、やはりジョシュアは呆《あき》れた顔になる。案の定とでも言いたげに目をぐるりと回すと、次の質問を口にした。

「それで、私を呼びつけた用件はなんでしょう」

「用事なら――」

いくらでもある。話もせずに帰国したかと思えば、勝手に音声データを公開したこと。あのあとなんの動きもないこと。父親サイドからなんらかの指示があるかと身構えていたのに、それもない。

音声データのなかの「ルカ」の素性はバレていないらしく、身辺は静かなものだ。だからこそいまのうちに問《と》い質《ただ》そうとジョシュアを呼びつけてみたが――いや、ちがうな。ルカは心中で呟いた。

そんなことを聞きたいだけなら、電話をかければすむ。音声データにしても父親の件にしても自分にとっては二の次だった。

「座ってくれないか」

先にソファに腰を下ろすと、向かいを指差す。

躊躇《ためら》いを見せたのは一瞬で、ジョシュアはボトルを手に持ったまま座った。

「――――」

しかし、いざ向き合うとなにから切り出せばいいのかと躊躇《ちゅうちょ》してしまう。過去を持ち出せば、意図せず責めてしまいかねない。無論責めたい気持ちはあるものの、そうしたところでなんの解決にもならないことは重々承知していた。

「謹慎中で暇だろうから、つき合ってもらおうかと思ったんだ」

きっと不機嫌になるにちがいない。わかっていながらそう言った。ジョシュアがまたけんもほろろに踵《きびす》を返《かえ》したときを想像して、どうやって引き止めようかと頭を巡らせながら。

「そうですか」

果たしてジョシュアが立ち上がる。用意していたとおりの言葉をぶつけるつもりで口を開いたが、発する前に予想とはちがった一言が返ってきた。

「フロントに預けた荷物をとってきます」

初めからその予定だったかのような言い方だ。

「……つき合ってくれるんだ？」

　てっきり断られると思い込んでいたため、半信半疑で問う。ジョシュアの薄い唇が左右に引かれた。困ったひとだとでも言いたげなその表情は、以前は何度も目にしたものだ。

　——またそんな言い方をして。

　——他のひとの前では、憎まれ口もほどほどにしないと。

「つき合えと言ったのは、あなたでしょう。それとも、やっぱりナシにしますか？」

「するわけがない」

　即答して、自分も倣う。たとえジョシュアになんらかの目的があったとしても拒絶されなかったのは事実なので、ほっとすると同時に肩の力が抜け、自分がいかに緊張していたのか知るはめになった。

　もっともジョシュア相手にうまくやれたことのほうが少ない。そう言えばきっと本人は否定するだろうが。

「ひとりで大丈夫です」

　辞退したジョシュアに構わず、一緒にコンドミニアムを出てフロントまでの小道をふたりで歩いた。

　潮の匂《にお》いに鼻をくすぐられる傍ら、ふと少し前を行くジョシュアへ視線を向ける。普段ウッドサイドの強い陽射《ひざ》しを浴びながら、その肌は白いままだ。日本で引きこもっている期間の長い自分のほうがよほど日焼けしているのは、やはり個人差だろう。

　海風に吹かれて乱れた赤みのある髪を、ジョシュアが手で押さえる。その手から、血管が透けて見えるほど白いうなじに目を滑らせていったタイミングで、ジョシュアが歩みを止め、振り返った。

「ついてきたのなら、私が滞在する旨をフロントに伝えてください」

「――――」

　いつまで、と確認しようとして、やめた。仮にジョシュアになんらかの思惑があったとしても、この際、とことんつき合わせるつもりでいる。

「ああ」

　頷《うなず》くだけに止《とど》め、また歩きだす。

　ふたたびうなじへ目をやったとき、

「それから、後ろを歩かないでもらえますか」

　言いづらそうに釘《くぎ》を刺される。と同時にその首筋が薄桃色に染まっているのがわかり、なんだ、気づいていたのかとルカはほくそ笑んだ。

　現金にも気分がよくなったが、それを表に出すほど子どもではない。

「はいはい」

　忠告に従い、ジョシュアと肩を並べる。

隣を歩くのも悪くないと思っていると、戸惑いがちな言葉が投げかけられた。

「ずいぶん背が伸びたんですね」

先日の再会時ではなく、いま頃言うところがジョシュアらしい。そうは見えなかったが、あのときはジョシュアなりに気を張っていたのだと察せられた。

「二十歳を過ぎたあともわりと伸びたからね」

アメリカを去った頃は百七十センチに満たず、ジョシュアとほとんど変わらない背丈だった。いまは目線が変わり、十センチほどの差がある。

「ジョシュは五フィート十インチくらい？」

「そうですね」

子どもの頃、背比べをした日を思い出す。たとえ一センチ、一ミリでも当時は負けて悔しかったし、ジョシュアが養子になって以降も張り合った。

いや、張り合っていたのは自分ひとりだ。どっちでもいいよとジョシュアは笑っていたのに、勝ち逃げは許さないとばかりに食い下がり、数ヵ月に一度は互いの身長を比較していた。

「いまのルカは、マルチェロよりも長身ですよ」

「…………」

唐突にマルチェロの名前を出され、覚えず眉根が寄る。ジョシュアに気づかれていたばつの悪さから、すぐには返事ができなかった。

あの頃、自分とジョシュアの背丈は同じくらいだったが、マルチェロは頭半分大きかった。マルチェロ坊ちゃんはお父さんに似たのだろう、ロマーノ家の血筋だとみなが言い、父親も満足げだった。

ようはコンプレックスだ。いまならくだらない意地だと笑い飛ばせることが、子どもにとっては十分すぎるほどの傷になる。普段はそれほどではなくとも、マルチェロが大人に間違えられるたびに劣等感を抱いていた。

「いや、もう気にするような歳じゃないし」

気恥ずかしさもあって、そっけない言い方になる。実際、父親もマルチェロも自分には関係なかった。

ふたりがどう邪推しようと、ロマーノ家に戻ろうなんて気持ちはない。その件についてはアメリカを去る際に父親にも告げたはずだが、しばらくぶりに連絡をとったくらいで下心を疑われるのは、その程度の信用しかなかったということだ。

「そうですね。もう子どもじゃありません。私も、ルカも」

結局これが言いたかったのか。口先だけであしらおうとする態度が気に入らず、唇を引き結ぶ。フロントで荷物を受けとってからコンドミニアムに戻る間無言を貫いたのは、べつに不機嫌をアピールしたかったからではなく、この気持ちをどう言い表せばいいのかわからず持て余していたのだ。

お互いもう子どもではない。でも、過去の出来事を放置したままでは現状も先々もどうにもならない。それとも、いつまでもこだわるほうがおかしいのだろうか。

「気に入らないことがあるなら、言葉で言ってください」

黙っているのは、機嫌を損ねたせいだと勘違いしたらしい。聡《さと》いくせに、はっきり口にするよう忠告してくるところは昔もいまも同じだ。

「そうだな。なら言わせてもらうけど、その話し方、やめてくれないか」

ソファの横にジョシュアの荷物を置いたルカは、コーヒーを淹《い》れるのを口実にキッチンに立つと、まずはそこからだと要求する。もう子どもじゃないのはそのとおりだし、昔のままとまでは言わないものの、言葉遣いを含めて態度、雰囲気があまりに他人行儀だとそれはそれで癇《かん》に障るのだ。

「話し方、ですか」

ジョシュアの顔に戸惑いが浮かぶ。

「まさか友だちともそんな話し方をするわけじゃないんだろ？」

そんなに困ることかと鼻で笑う。

「友だちはいません」

が、ジョシュアの返答に冗談めかした言い方はできなくなった。

　俄《にわか》には信じられず、ジョシュアに向き直る。

「ひとりも？」

「ひとりも」

「けど」

　自分の知っているジョシュアには、親しい友人が数人いた。ミドルスクールでもグループの中心は常にマルチェロだったが、誠実なジョシュアを信頼し、慕う者は多かった。もっと言えば、マルチェロが王様でいられたのは陰になり日向《ひなた》になりフォローしているジョシュアがいたからだった。

「……そう」

　一方で、子どもの頃とは状況が異なるというのも理解できる。根が生真面目《きまじめ》なだけに、自身に与えられた役目と普通の暮らしがジョシュアのなかで乖離《かいり》してきたせいだと容易に想像がついた。

　おそらく自ら少しずつ友人たちと距離をとっていったのだろうと。

　それが話し方に影響しているなら、やめろと言ってもすぐにあらためられるものではない。

「この前、俺を責めただろ？」

いつの話をしているのか、ぴんときたようで、ややきまり悪そうに唇を歪《ゆが》めたジョシュアに、あえてこの場で再現してみせた。

「『いいかげんにしろよ。よくもそんなことが言える』」

「……ルカ」

ジョシュアの眉間に縦皺が刻まれる。しかめっ面ですら絵になる美麗な面差しをまっすぐ見つめてから、構わず先を続けた。

「『ルカは子どもの頃から少しも変わってない。なんでもそうやってはぐらかして。そんなに殺されたいなら殺してやるよ。その代わりおまえを殺したあと、僕もあとを追う』」

「そんなこと、言ってません！」

即座に否定し、いっそう眉をひそめる。

他人行儀な態度をとられるより目くじらを立てられるほうがずっといいので、軽い調子で肩をすくめた。

「そうだっけ？　言われたような気がするんだけど」

「言ってません」

「なら、俺の勘違いだ」

ごめんと謝る。が、それすらも気に入らないのか、仏頂面のまま荷物を手にとった。

「ジョシュ」

　まさか気が変わって帰る気か。慌てて呼び止めると、ジョシュアが二階を指差した。

「部屋に案内してください。あと、叱ってくれるひとが欲しいのなら、ここにいる間はお望みどおりしますよ」

　そう言い放つと、先に二階へと上がっていく。コーヒーを淹れるのを中断し、すぐさまあとを追ったルカは、なぜだか頬が緩むのを抑えられなかった。

「突き当たりの部屋は、俺が使ってるけど」

　暗に同じ部屋でも構わないと含みを持たせた言い方をすると、ジョシュアは迷わず手前の、左側のドアを開ける。

　そりゃそうだ、と苦笑交じりにこぼした一言が聞こえたのか聞こえなかったのか、中へ入る前に、一度ジョシュアが振り返った。

「結局子どもの頃の友人で残ったのは、ルカだけってことですね」

　少し自虐的にも聞こえる口調は、そのままの意味なのだろう。

　ジョシュアにしてみれば大事なことなのかもしれないが、これに関して同意する気はなかった。

「友人？　俺たちが友人でいられたのは、あの廃教会で会っていたときだけだろ」

　どうやらジョシュアには予期していなかった返答だったらしい。あからさまに頬が引《ひ》き攣《つ》ったのがわかった。

驚きと失望を映した双眸をふいとそらしたジョシュアに、苦い気持ちになる。もっと他に言いようはあったのだとしても、これが本心だ。

「——そうですか」

睫毛《まつげ》を伏せたジョシュアの背中を追いかけ、部屋の中へ足を踏み入れる。けれど、なんと言うべきなのか思案していたほんのわずかの間に、ジョシュアはまたいつもの有能な若き側近の顔へと戻っていた。

スーツケースから衣類等を出し、クローゼットに片づけ始める様子を前に、いまの会話を慎重に頭の中で反芻《はんすう》する。

ジョシュアの反応はなにを意味しているのか。あたかも傷ついたような表情で——と、そこまで考えたルカは、嗤《わら》わずにはいられなかった。

つまりなんの含みも裏の意味もなく、本気で「友人」だと思い、その言葉を使ったらしいと気づいたのだ。これほど滑稽な話があるだろうか。

小さく舌打ちをすると、クローゼットの前に立つジョシュアの腕を背後から摑んだ。そのまま引き寄せ、おあつらえ向きにすぐ近くにあるベッドの上に引き倒し、上から手を押さえつけた。

「これは、なんですか?」

まるで睡眠以外ベッドの使い方は知らないとでも言わんばかりの問いかけに、まっすぐジョシュアを見下ろす。

「昔を思い出さないか？　あの頃はまだ子どもで、がっつくばかりだったけど、いまなら悦《よろこ》ばせられると思うよ？」

ジョシュアはポーカーフェイスを崩さない。すべて忘れてしまったかのようだ。

「もしかして、あまりに大勢とファックしたせいで、誰とやったかいちいち憶《おぼ》えていられないとか？　マイルズの指示で、これまでいったいどれだけの相手にハニートラップをしかけて、ベッドで骨抜きにした？」

最低な言い方をしているという自覚はある。口にしている自分ですら不愉快なほどだ。

だが、これにもジョシュアは真顔で、さあと答えた。

「数えたことはないので」

「恐れ入るな」

なにが養子だ、後継者だと心中で吐き捨てる。マイルズのやり方は、若く見目麗しい若者をいいように利用しているだけとしか思えない。

いまのいままで、どうにかしてやりたいという加虐的な心境だったにもかかわらず、嘘《うそ》みたいに退《ひ》いていく。多少でも動揺するようであればまだ可愛《かわい》げがあるのに、眉ひとつ動かさないジョシュアにも不快感がこみ上げた。

なにより自分が情けない。

顔を背け、ベッドから下りる。

「終わりですか?」

上体を起こしたジョシュアは、わざとだろう、どこか艶《なま》めかしさを感じさせる仕種《しぐさ》で髪を掻《か》き上《あ》げた。

「それとも、他人の手垢《てあか》がついていると知って興醒《きょうざ》めしました?」

言葉もさることながら、口調も癇に障る。怒らせるのがジョシュアの目的だとするなら成功だ。

あいにくとそれを表せるほど素直な人間ではないので、そ知らぬ顔で背中を向けた。

「コーヒーを淹れかけていたことを思い出したんだよ」

一言で部屋を出て、キッチンへ戻る。ひとりになってから、くそっと毒づいた。

いったいいつまでマイルズはジョシュアを思うままに操るつもりなのか。マイルズのことを思い出すと、激しい怒り、敵愾心《てきがいしん》がこみ上げる。もっとも疎んじているのはお互い様で、慇懃無礼《いんぎんぶれい》とはまさにマイルズの自分に対する態度そのものだった。

庶子とはいえロマーノ家の人間である自分にも節度をもって接してきたマイルズだが、彼の本心は氷のように冷ややかな青い双眸に表れていた。再三口にしていた「聡明《そうめい》」という褒め言葉にしても、裏を返せば「立場を弁《わきま》えろ」という脅しでもあると気づいたのは、十歳になった日だ。

マルチェロが開いた親しい子どもだけを集めたバースデイパーティのあと、「マルチェロ坊ちゃんはいささか優しすぎますね」そう言ってほほ笑んだマイルズは、こちらへ顔を向けたときには少しも笑ってなかった。

——今日、誕生日を迎えられたことに感謝を忘れてはいけませんよ。

本来ならおまえは無事に誕生日を迎えられるような人間ではない、フェデリコやマルチェロの厚意で生かされているだけだと、マイルズの本音が透けて見えた。

残念だったな。あいにくとまだ生きてるよ。

腹の中で答え、はっと小さく嗤う。

同時に、あんたの思いどおりにはさせないとも。

ジョシュアが階段を下りてくる足音が聞こえた。けっしてでしゃばらず、息をひそめるような子どもだったジョシュアの性格を表した、小さな音だ。

その音を聞くと懐しさより、やるせなさを覚える。

とりあえずジョシュアを連れ出すのには成功した。仮に断られた場合はおびき寄せ、閉じ込める算段もつけていたので拍子抜けしたくらいだ。

次はどうするか。いまのままの状況でフェデリコに万一のことがあれば、すべてをマルチェロが引き継ぐ。ロマーノ家のためとあれば、白いものを無理やり黒くしてきたようなマイルズは、マルチェロのもとでもそうするに決まっている。

今度はジョシュアを自身の座に据えて。

そうなる前にあの家からジョシュアを引き離したい。この機を逃《のが》せばもう自分の手の届かないところに行ってしまうだろう。そう思うと、言いようのない焦燥感に駆られた。

ジョシュアのためになんとかしなければ。いや――。

「ありがとう」

キッチンに姿を見せたジョシュアが礼を言う。

「……なにが?」

「コーヒー」

「あ、ああ」

両手に持っていたカップのひとつをジョシュアに手渡す。礼を言われて多少の後ろめたさを覚えるのは、不穏なことを考えていたせいだった。なにしろジョシュア本人がどうしたいのか、なにを思っているのかなんて聞く気はないのだから。

それでもなに食わぬ顔でソファに移動し、向かい合ってコーヒーを飲む。その間、自分の目論見《もくろみ》を知ればジョシュアはどんな反応をするだろうかと、本人を目の前にして想像してみた。

到底穏やかとは言いがたく、悪趣味で、再会して最初のブレイクタイムはコーヒーのほろ苦さばかりが舌に残った。

「マイルズは、ここに来ること、なんて？」

気分を変えがてら、どうでもいいことを問う。

いい顔はしなかったはずだ。もしくは、なにか魂胆があってあえて見逃したとも考えられる。

「なにも。黙って出てきたので」

謹慎中ですから、とジョシュアは平然と答えたが、これがいかにイレギュラーな事態か確かめるまでもない。子どもの頃からなにをするにもマイルズの許可を得ていたジョシュアの姿を目にするたび、まるで家来だと違和感を抱いたものだ。

大人になった現在であれば、おそらく当時以上だろう。マイルズとジョシュアの間には明確な上下関係がある。

「だ――」

大丈夫なのか？　喉《のど》まで出かけた言葉をすんでのところで呑《の》み込《こ》む。そもそもロマーノ家とマイルズから引き離したいのだから、仮にそうであるならむしろ喜ばしいことだ。

「家捜しすると聞きました」

「家捜し？」

「ナナコの――あなたの家を」

そう言ったジョシュアの顔に、わずかな憂慮が滲む。

「なにかを見つけるためというより、とりあえずの確認でしょう。あなた、日本では違法にもかかわらず銃を持ってましたから」

とりあえずで他人の家の中を引っ掻き回すなんてどうかしている。違法に関してはそのとおりだが、住居侵入も立派な犯罪だ。とは思ったものの、いまさら驚きはない。疑《うたぐ》り深《ぶか》いマイルズならいかにもやりそうだ。

「そう」

一方で、柚木への頼み事が気になり始める。電話では急かさないと言ったものの、そう悠長にしてはいられなくなったらしい。ＳＤカードがマイルズの手に落ちるのは、やはり都合が悪い。あれには、そのうち使えるときがくるはずと、業者に依頼して得た情報が入っている。

その場で携帯を手にとった。

たっぷり待たされたあと、呼び出し音が途切れる。

『今度はなんでしょう』

また夜中か、と言いたげな口調だが、構わず先を続けた。

「例のカードはどうなった?」

柚木に頼み事をしたのは三日前になる。マイルズに没収される前に、場所を移しておきたかった。

『あれなら、久遠さんに任せました』

やはりあの男に止められたか。いまさら内情を隠してもしようがないので、じつはと家捜しについて話した。

「そういうことだから、急いでほしいんだ。SDカードには俺が数年かけて集めた、母の死に関する情報が入っている。みすみす奪われたくない」

柚木が黙り込む。もう二度と関わるなと久遠に忠告でもされたのかもしれない、迷いが伝わってきた。

「他に銃もあるし、俺も一両日中にジョシュアと帰国するよ」

しかし、これがあと押しになった。

はあ、とわざとらしくため息をついた柚木だが、拒否することはなかった。

『あのひとと一緒なんですか？』

「ああ」

数秒の間の後、わかりましたと返ってきた。

『絶対の約束はできませんが、とりあえず久遠さんに電話してみます。そういえば、中へは入れるんですか？』

「ありがとう。それは心配ない。ガレージのシャッターは開けたままだから」

『え、でも、そんな大事なものを置いているのに？』

「普段から開けっ放しにしていたのに、急に閉めるほうが怪しいだろ？」

もともと実家のガレージのシャッターは古く、開閉にコツが必要なため常に開けっ放しにしていた。実家には部屋に風を通すために年に二、三度行っていただけでほぼ使っていないので、普段は貴重品の類《たぐ》いも皆無だ。

『そういう話でしたら——あまり期待しないで待っててください』

「悪いね。よろしく」

柚木との国際電話を終える前から、ジョシュアの釈然としない様子に気づいていた。

「なに？」

携帯をテーブルに戻し、不満があるなら言ってと促す。

一瞬の逡巡《しゅんじゅん》の後、ジョシュアは口を開いた。

「なぜ彼にこだわるんですか」

「こだわるって？」

肩をすくめ、空惚《そらとぼ》ける。

「そんなつもりはないけど。彼なら俺の実家の場所を知っているし、いちいち説明しなくてすむから頼み事をするには都合がよかったんだ。なにより口が堅そうだろ？」

しかし、この説明では満足できなかったようだ。ごまかすなと糾弾せんばかりにひたと見据えられては降参するほかない。

両手を上げると本音を漏らした。

「不公平だと思わないか」

意味がわからないのか、ジョシュアが二、三度瞬きをする。子どもの頃から大人たちに囲まれて、わかりやすい羨望《せんぼう》や嫉妬《しっと》、ありとあらゆる誘惑のなかで生きてきたくせに、嘘みたいにこの手の反応にはまっすぐだ。

それとも自分が捻《ひね》くれているだけなのか。性分は環境のせいではなく、生まれ持っているものらしいとジョシュアを前にして実感する。

「だってそうだろ？　反社会的組織と後ろ指をさされる男と普通につき合おうなんて、本来ならあり得ない。ハッピーエンドを望んでいるんだとしたら、あまりに図々《ずうずう》しくないか？」

確かに、柚木の言ったとおり最初は久遠という男に興味を持った。なにかあったときに後悔するのは目に見えているにもかかわらず、なぜ一般人である柚木を選んだのか、無理を押してまで傍に置くのか。

だが、いまはむしろ柚木本人だ。

あのとき、突如現れた久遠を見たときの柚木の表情は予想だにしないものだった。一瞬驚いたあと、心からの安堵《あんど》を浮かべた。それはすべてを委《ゆだ》ねられる、信頼している者だけに見せるであろう、印象的な表情だった。

これまで厭な思いをし、危険な目にも遭ってきたはずなのに？　なぜ無防備なまでに信じられる？　まさか命が惜しくないとでもいうのか。

「そんなの、彼らには彼らにしかわからない経緯とか心情とかあるでしょう。他人がとやかく言うことじゃないです。ましてや不公平なんて筋違いにもほどがある」

正論をぶつけられたところで、彼らへの好奇心が消えるわけではない。深く考えることを放棄したのか、それとも彼らが特別なだけなのか、聞きたいくらいだ。

そう——知りたいのだ。

自分とあの男とのちがいはどこで、なにが足りなくて、どうすればいいのかを教えてもらいたかった。もし彼らの信頼が揺るぎないものであるなら、それを目の前で証明してほしいとも思っている。

「だから、単なるやっかみだって」

自分の非を認めてから、ひょいと肩をすくめてみせた。

「感受性の強い思春期にひどいやり方でフラれたら、ひがみっぽくもなるだろ？」

いまさら過去の裏切りを責めるつもりはない。失恋しただけだと言われればそのとおりだろう。意図して持ち出したのは、言い訳があるなら聞いておきたい、それだけだ。

だが、ジョシュアは昔話には関心がないらしい。

「あなたのそういうところ」

「ナナコにそっくり？」

先日も指摘されたことなので、先回りして返す。親子である以上似ているのは当たり前だし、実際、母親は子どもの目から見ても奔放なひとだった。

「いえ」

ジョシュアは首を横に振る。

「いかにも苦労知らずだと思っただけです。三十近くにもなって、思春期の話。どうやら日本はぬるま湯のようですね」

「………」

容赦なく痛いところをつかれて返す言葉もない。一方で、どんな一言が一番効くか、相変わらずジョシュアは自分のことをよくわかっていると思うと悪い気はしなかった。

「ぬるま湯は認めるよ」

そう答えたあと、それとなくジョシュアを窺う。が、なにを考えているのか、少しも読めない。子どもの頃から、ジョシュアははぐらかすのがうまい。

「それに、いまでもなにが悪かったのかってときどき考える」

今度は、あからさまに正面から熟視した。

睫毛、唇、指先の動き。

しかし、さすがマイルズに鍛えられただけのことはある。ジョシュアはわずかも動揺を

表さず、

「昔のことです」

たった一言であしらう。

とりつく島がないという点では当時と同じで、いっそわかりやすい。こうなると、先刻目にした薄桃色に染まった首筋も見間違いだったように思えてくる。

「確かに」

自虐的な気持ちでソファから腰を上げる。もっとも後悔や落胆、自己嫌悪なら厭というほど味わったおかげで、それほどのダメージはない。

「とにかく、さっき電話で話したとおり予定変更。日本に帰ることにした」

実際は、柚木に話したときは帰るかどうかまだ決めかねていたものの、たったいま帰国を決めた。

「そうですか」

あくまで他人事《ひとごと》のジョシュアに、人差し指を左右に振った。

「聞いてただろ？　ジョシュと一緒に日本に帰るって」

どうやら不意をつくことに成功したようだ。その場のノリだったとでも思っていたのか、目を見開いたジョシュアに、もちろんと頷く。

「つき合ってくれるって約束だ」

「それは、ここに滞在するからで――日本に行くなんて聞いてません」

「どうせ謹慎中で暇だろ？」

どこに行こうと同じだという意味でそう言う。なおも反論しようと口を開いたジョシュアだが、結局、なにも発することはなかった。

不承不承ながらもあきらめた様子のジョシュアを横目にソファを離れる。我を通したはずなのに、満足感にはほど遠かった。日本に戻ると決めたのは、自分ばかりが振り回されるのは癪《しゃく》だからという、子どもっぽい意趣返しだと自覚しているからだろう。

ジョシュアが喜んでついてくる方法なんて、いまの自分には想像もつかなかった。

「マルチェロが気にしてました」

しかも、このタイミングでその名前を出すなんて――まるでこちらの頭の中が見えているのではないかと思う。

「へえ」

それだけで聞き流すと、自嘲《じちょう》ぎみに腹の中で呟く。

そうだな。俺たちはもう子どもじゃないんだ。あの頃には戻れない。昔話も無意味だ。

自分に言い聞かせるように。

「帰国する前に、フェデリコを見舞ってはどうですか。私がとりもちます。このまま会わずじまいというわけにはいかないでしょう」

「――――」

先日、数年ぶりに連絡した際のことを思い出す。なぜ電話をかけたのか、理由はいくつかあった。

フェデリコ・ロマーノの病状が深刻らしいとネットニュースで見かけたこと。母親の死に関する情報がこれ以上出なくなっていたこと。なにより、関連のニュースで頑健な頃のフェデリコの背後にいるジョシュアの姿を目にしたことが大きかった。

途端に、過去の苦い経験がよみがえってきた。同時に、まだ言いなりなのかとジョシュアに対する不満もこみ上げた。

それでもなお迷っていたが、行動に移すきっかけになったのは、やはり不動清和会《ふどうせいわかい》のお家騒動関連のゴシップ記事だろう。

偶然にも柚木和孝《かずたか》から作品の依頼があってすぐ、この目で本人を見たくなってPaper《ペーパー》 Moon《ムーン》の近くまで出向いた。スキャンダルにさらされたにもかかわらず客足は途絶えず、それなりに繁盛しているのがまず不思議だった。

そして、柚木自身がさらに自分を戸惑わせた。

いたって自然体で、仕事を、もっと言えば人生を謳歌《おうか》しているようにすら見えた。実際に自宅で柚木と対面して、その思いはいっそう強くなった。

と同時に、反社と疎まれる立場にありながら、一般人である柚木を手に入れた久遠のことが羨《うらや》ましかった。

社会に溶け込んで普通の暮らしをしている柚木と、やくざの頂点。両方手に入れるうまいやり方があるなら教えてほしいと本気で思った。

「…………」

首を横に振り、脈絡がなくなってきた思考をそこでストップさせる。

「ビーチまで歩かないか」

ジョシュアの申し出に対して返答はせず、作り笑顔を貼《は》りつけて振り返るなり誘った。

意外にも簡単に承諾したジョシュアとともに部屋をあとにしたルカは、いずれにしても、と自身の目的をいまさらながらに明確にする。

このままジョシュアを日本に連れていき、今度こそ失敗しないよう上手に距離をつめて、マイルズから離す。最後は多少強引になったとしてもしようがない。

俺の誘いにのったのはジョシュだから。

フロリダの晴れやかな青空の下、表向きゆったりと過ごしながら、胸中は穏やかとは言いがたかった。

朝食をすませてすぐ、深夜に五十嵐《いがらし》から受けた電話の件で久遠に連絡しようと着信履歴を開いた和孝は、呼び出す直前、亡くなった組員の納骨に立ち会うため新潟に行くと聞いていたことを思い出す。

思案したのは短い間で、久遠にはメールだけ入れて自分で行こうと決める。仮に組員の誰かがすでに入手済みであればそれでいいし、もしまだであればさっさとすませてしまえばいいだけのことだ。

銃があるという一言も引っかかっていた。

「タイミングがいいのか悪いのか、『Paper Moon』の定休日だしな」

五十嵐の実家のある奥多摩《おくたま》まで往復しても、『月の雫《しずく》』の開店準備には十分間に合う。ドライブだと思えばいい。面倒でも一度受けたのは自分だからと、ジャケットを羽織り、車のキーを手にとる。

自宅を出ると、電話で聞いた住所をカーナビに打ち込み、奥多摩を目指して車を走らせた。

自分に銃口を向けた男に対して甘い、というのは重々自覚している。本来であれば頼み事を聞く必要はないし、電話自体無視してもいいはずだと。

重々承知していながら、五十嵐の心情を思うと無下にするのは躊躇われる。目に見えてガードが緩んだと指摘されるほどわかりやすかったのはどうかと思うが。

ようは天秤《てんびん》にかけたのだ。母親の件に関して五十嵐に同情したわけではないし、同情自体無意味だが、久遠と似た境遇を聞いてなにも感じずにいるのは難しい。長年かけて集めたという一言は重く、みすみす奪われたくないという五十嵐の気持ちは痛いほど理解できる。

身近なひとを理不尽に奪われて平気でいられる者なんていない。裕福であろうとなかろうと、たとえ後ろ指をさされるような立場だったとしても、ひとの感情に優劣はないのだ。

いや、そもそも親が関係すると冷静さを欠いてしまうのか。

自分にあてはめようとしてみたが、こちらはうまくいかなかった。ぎくしゃくした仲であっても、父親は健在で、可愛い弟もいる。

弟の顔を思い浮かべると、自然に頬が緩んだ。奥多摩土産《みやげ》にと買ったご当地キーホルダーと文具は、仕事に追われているせいでまだ渡せずにいる。きっとどんな些細《ささい》なものでも喜んでくれるだろうと思うと、むしょうに顔が見たくなった。

次の休みには土産を持って会いに行くか。

つらつらとそんなことを考えながら、行きはどこにも立ち寄らずにまっすぐ目的地へ向かった。

「案外スムーズだったな」

カーナビに導かれて無事到着した和孝は、車を降りるとまずは周囲を見回す。あらためて目にすると、同じ東京都であっても都心では考えられないほど広々とした敷地だ。家の前の更地には四、五台の車を駐めてもまだ余裕があり、なんの活用もされずじまいなのがもったいない。

隣家は見えず、カーブした道がずっと続いている。

本来、あまりいい思い出のない場所のはずだが、その後旅館でのんびりしたおかげもあって悪いイメージはない。いまとなっては、バンパーが少し凹《へこ》んだ程度のもらい事故という感覚だった。

あの日割れた窓ガラスは放置して渡米したらしく、カーテンが小刻みに揺れている。どう考えても不用心だと呆れつつ、五十嵐が言っていたとおり開けっ放しになっているガレージの中へ入ってすぐ、右奥にそれらしき古いチェストを見つけた。

まずは天井からぶら下がっている電灯をつける。

無造作に置かれている自転車やサーキュレーター、スノータイヤ、バーベキューセット諸々を一応目視で確認してから、チェストに歩み寄った。

上部の棚には工具箱やカンテラ、ラジオ等が置かれている。下部は開き戸になっていて、真ん中に左右ふたつの抽斗《ひきだし》があり、まずは右側から開けてみた。

使用済みだろう乾電池にボールペン、折り畳み式のサバイバルナイフ、懐中電灯。なぜか懐メロと言ってもいい昔流行《はや》った洋楽のＣＤが無造作に入っている。中身を落とさないよう気をつけて抽斗を抜き、裏へ手をやってみたもののそれらしきものはなく、こっちじゃなかったかともとに戻した。

左側の抽斗を開ける。

「…………」

中に入っていたのは、写真の束だった。

長い黒髪を靡《なび》かせた美しい女性が写っている。生まれて間もない子どもを胸に抱き、優しくほほ笑むその表情は幸せそうだ。

女性の背後には建物が見え、どこかの家の前で撮られたものだとわかる。

「これって、もしかして……」

反射的に一番上の写真を手にする。

裏を見てみると、日付と名前が入っていた。

13/NOV/1994　NANAKO & LUCA

思ったとおり、五十嵐と母親の写真だ。

二枚目の写真もふたりで、こちらの五十嵐は少し成長し、母親の口のあたりに小さな手を伸ばして笑っている。

穏やかで、ほほ笑ましい母子の姿——。

勝手に見てしまった後ろめたさから慌てて写真をもとに戻したが、指が触れ、別の写真が目に入る。

そこには小学生くらいの男児が三人、やや緊張した面持ちで写っていた。右が五十嵐で、左の赤みのある髪をした少年がおそらくジョシュア。真ん中は、彼らの話に出てきたマルチェロという五十嵐の兄にちがいない。

おめかししているところをみると、なにかのイベントの際に撮られたもののようだ。くっついた肩に、三人の親しさが窺える。

本来なら、どれも心温まるいい写真だ。

けれど、この薄暗いガレージに置かれたチェストの抽斗の中に入っていた事実が、そうとばかりは言えない証拠だった。電灯の下、五十嵐がひとり写真を眺める様を思い浮かべると、胸が痛む。

「……なにやってるんだ」

他人の事情を覗《のぞ》き見している場合ではない。早いところＳＤカードの有無を確認しなければ。

和孝は抽斗を抜き、同じように裏に手をやる。

「あれ？　こっちもない」

　ということは、すでに組員が持って帰ったあとなのか。念のため、奥に落ちてないかと空いた箇所に手を入れてみたところ、指先がなにかに当たったため、身を屈《かが》めて覗き込む。が、よく見えない。

　そういえば懐中電灯があったか。

　懐中電灯を手にとり、チェストの奥を照らしながら再度手を入れてみる。がさりと音がしたところをみると、紙に包まれているようだ。

　それを摑み、取り出す。

「………」

　すぐに見つけたことを後悔した。

　先日のものとは別の銃だ。やっぱりあったか。これは見なかったふりをしてもとに戻そうとした、直後、さらに厭な考えが頭をよぎる。やめておけと脳内で自制の声がするのに、どうしても確かめずにはいられず懐中電灯を床に置くと、その場に膝《ひざ》をつき、チェストの開き戸を開けた。

　中に入っていた小型掃除機を出してから、奥の板に手のひらを押し当てる。

　つかの間の思案のあと、ぐいと押すと、簡単に板は外れた。

　ばかばかしい邪推だったと笑い飛ばすつもりだったというのに、目にしたものに頰が引き攣る。

「……最悪」

いったいどうやって手に入れたのか、なにも入ってないようにという願いに反して、目視できる範囲に二丁のショットガンがある。おそらく他にも銃器の類いが入っているのだろう。そう思うと、どっと汗が噴き出し、すぐに板をもとに戻す。

五十嵐の場合、単なる趣味のモデルガンでは片づけられない。実際先日の銃は本物だったし、これらも身を守るための武器と考えるほうがしっくりくる。

「……どうしたらいいんだよ」

まさかと探ってみたことを後悔しても遅い。

ここはやはり見なかったことにするしかない。

「そうしよう」

そもそもの目的がちがうのだから、知らん顔を決め込むのが一番だ。頷いた和孝がもとどおりにしようと掃除機に手をやったのとほぼ同時に、ジャケットのポケットが震えだして、びくりと肩が跳ねた。

もしかして。

すぐにポケットから携帯を取り出してみると、やはり久遠からの電話だった。ほっとしつつ携帯を耳にやり、

「お疲れ様」

普段同様に声をかけたが、語尾が微《かす》かに上擦ったことに自分でも気づいていた。

『なにがあった』

久遠が聞き逃すはずがない。

「あー……メール見た？　久遠さんがもうSDカード回収したかもとは思ったんだけど、五十嵐さん、なにかあったらしくて慌ててたみたいだから」

そう言い訳しながら、小言を覚悟して心の準備をする。なにやってるんだと自分でも呆れているくらいだ。

五十嵐の母親の事故と久遠の両親の件はなんの関係もない。似た境遇とすら言えない。重々わかっていたにもかかわらず、この程度のお使いであればと思ったこと自体が間違いだった。

『沢木《さわき》がそっちに向かっているから、SDカードを渡すといい』

「沢木くんが？」

SDカードはまだ見つかっていないが、問題は銃、そしてショットガンだ。沢木がここに来たとして、大丈夫なのかと不安になる。

仮に五十嵐が所持している銃器の件が警察に漏れた場合、家主が不在となれば、留守中の訪問者について調べられる可能性はゼロではない。となると、まだ一般人と言い張れる自分より沢木の立場は危うくなる。あっという間に引っ張られて、木島《きじま》組は家宅捜索されるだろう。


監督不行き届きで久遠にまで捜査の手が及ぶのは明白だ。

「あ、いや、俺はもうここを離れるところだったから、家に帰って久遠さんに渡すよ」

暗に、沢木が来る必要はないとにおわせる。

数秒の間のあと、そうかと久遠が答えた。

『すぐに離れろよ』

「わかった」

短い電話を終えた和孝は、どうしたものかと考える。このままSDカードを探すべきか、それともとにかくここを離れ、見つからなかったと五十嵐に伝えたほうがいいのか。

母親の件で五十嵐には同情するものの、どう考えても後者を選ぶべきだった。

「よし。帰ろう」

一応探してみたのだから、これ以上自分ができることはない。なにより五十嵐への同情心と久遠の言葉のどちらが重要か、比べるまでもなかった。

引き戸を戻し、床に置いた銃を拾い上げる。もとのように紙に包もうとしたそのとき、ガレージの外から音がして、そちらへ意識を向けた。

「…………」

動きを止め、耳をすましても、それ以上の音はしない。気のせいだったか、それとも犬か猫でも迷い込んだか。

知《し》らず識《し》らず息をつめていたことに気づき、苦笑して首の後ろを掻く。息を吐き、ふたたび銃に目を落とした。

「……ったく」

ショットガンまで隠し持っているのなら、あらかじめ話しておいてほしかったと五十嵐を恨みたい気持ちになる。もっともそんなことを言われた時点でなにがなんでも拒絶したはずなので、五十嵐が黙っていたのは当然だろうが。

銃器なんてあったからよけいな気を遣うはめになった。

果たして日本においてこれほどの武装が必要なのか、などと言うつもりはない。なにしろこれまで何度も銃を目にしてきたし、現実に物騒な場面にも遭遇した。

つい先日も、五十嵐とロマーノ家との確執のせいで銃撃戦に巻き込まれたわけだし――

うんざりして顔をしかめた、次の瞬間だった。

「Freeze!」

強い口調で命じられる。

反射的に声の主のほうへ顔を向けた和孝に、相手は再度同じ言葉をくり返した。

三十代くらいの外国人だ。これが五十嵐の言っていた「事情」か。と思ううちにも男が上着の胸に手を入れた。

銃か。

鉢合わせしてしまった自身の運のなさを嘆いたところでしようがない。敵意がないと示して、さっさと退散するのが得策だ。

「五十嵐さんの知人で、柚木と言います。家主から頼み事をされて訪ねてきたのですが、もう帰るところなので」

そのままを英語で伝えた和孝は、このときになって最悪の事態だと気づく。相手が威嚇してくるだけの理由が、いまの自分にはあった。

「あー……っと、この銃はたまたまここにあったから」

手にしていた銃を棚に置こうとする。が、ほんのわずか手を動かしただけで、

「動くなと言っただろう！」

即座に怒鳴られ、従うしかなかった。

勝手に敵認定されてはたまったものではない。

「話を聞いてください。知人といっても、俺は五十嵐さんに作品を依頼した客でしかないですし、この銃にしても棚にあったのを偶然手にとっただけなので、俺のじゃないです」

命じられたとおりフリーズの状態で状況を説明する。実際そのとおりだったけれど、相手があっさり納得してくれるかどうかとなれば――まったくわからない。

揉め事は面倒だと思えば解放されるはずだし、疑り深い人間であれば簡単にはいかないだろう。

「ゆっくり銃を置いて、両手を上げろ」

だから最初からそうするって言っただろ。内心でぼやきながら、銃を棚の上に置いて両手を開いてみせた。

このまま解放してくれるよう願っていたが、やはりそううまくはいかなかった。

「見つけたものを出せ」

どうやらこちらの目的を把握しているようだ。一方で、「見つけたもの」と曖昧な言い方をしたのは、ＳＤカードであることを知らないとも考えられる。

「それなんですけど、探しても見つからなくて」

そのせいで見つけたくもないものを見つけてしまった。ショットガンに関しては、話さないほうがよさそうだと判断し、チェストから意識をそらすためにわざとガレージ内へ視線を巡らせた。

「たぶん五十嵐さんの勘違いじゃないでしょうか。もし五十嵐さんに連絡するんでしたら、柚木はちゃんと探したと伝えてください」

あえて軽い調子を貫いた。こうなった以上、彼らがここでなにをしようと、もはや自分には関係のないことだ。

「俺、失礼していいですか？　これから仕事なんで」

　相手から返事がないので、様子を窺いつつ両手を上げたまま足を一歩踏み出す。その弾みで開けっ放しだった抽斗に肘《ひじ》が当たり、危うく落としてしまうところだった。

「びっくりしたから、慌ててしまって」

　ははと笑いながら言い訳をした和孝に、相手は仏頂面を貫く。が、胸からわずかに手が離れたところをみると、要領の悪い奴《やつ》だと判断されたのかもしれない。むしろ好都合だと、男にそれ以上反応がないのを確認しつつ、ゆっくりシャッターへと近づいていった。

　あと少し。

　男との距離が徐々に縮まる。二メートル、一メートル半。一メートル。

　どうやら無事に切り抜けられそうだと、会釈をして傍を通り過ぎようとしたまさにそのとき。

「待て」

　急に腕を摑まれた。その手を即座に振り払う。和孝にしてみれば単なる条件反射だったが、思ったより力が入ってしまったらしく、手の甲が相手の頬を掠《かす》める格好になった。

「あ……すみません。びっくりして、つい」

　他意はないと即座に謝りながら、どうやらすんなり帰してはもらえない状況になったようだと、ぴりっと張りつめた空気で察する。いや、端《はな》から黙って帰す気などなかったにちがいない。

「嘘をついてないか、確認させてもらう」

ふたたび腕を摑まれた。

できるだけ穏便にと、嫌悪感を堪えてゆっくりかぶりを振った。

「さっき答えたとおり、見つかりませんでした。ここにはないんじゃないでしょうか」

しかし、返事が気に入らなかったらしい男は痛いほどの力で腕を締め上げてくる。

「いいからおとなしくしてろ」

「だから、知らないって言ってるだろ」

しつけえな、と日本語で小さく吐き捨てる。こちらが平和的解決を望んでも、相手にその気がないのであればどうしようもない。

次第に苛立ってきたが、こういうときこそ落ち着くべきだ。そう自分に言い聞かせ、ひとつ深呼吸をしたあと男に笑みを向けた。

「本当に知らないんです。確かに五十嵐さんから頼まれましたけど、見つからなかった以上、俺の役目は終わっているので」

穏便に、穏便に、と心中でくり返す。

その傍ら、ちらりと車へ横目を流した。

車までの距離は五メートルほどだ。

男の足をすくって逃げだし、車に乗り込むまで十秒程度か。車に乗ってしまえば、あとはアクセルを踏んでさっさと立ち去ればいい。

頭の中でシミュレーションした和孝は、身体《からだ》の力を抜き、タイミングを計る。どうやって男の気をそらそうかと考えていると、好機は向こうからやってきた。

ドゥルルとけたたましく轟《とどろ》くエンジン音が耳に届く。視界に、こちらへ向かって一直線に走ってくる一台のバイクが飛び込んできた。

久遠は沢木を帰さなかったのだ。

驚きはない。何事に対しても常に二重、三重の手を打ってきた人間だからこそ、現在の地位についているのだから。

助かった……！

腕の力が緩んだ隙《すき》にすかさず男の脚を思い切りすくい、駆けだした。目の前で停《と》まったバイクの背中に跨《また》がったのと、右脚に熱が走ったのはほぼ同時だった。

「うわ」

反動でバイクから身体が滑り落ちる。伸びてきた沢木の手は一瞬間に合わず、指先が掠めただけで、和孝はそのまま地面に転がった。

そのときになって熱が痛みだと気づく。

「どこを撃たれた！　脚かっ」

怒声のごとき問いかけに、その痛みが撃たれたせいだとわかった。脚を見る。パンツの右大腿部《だいたい》の布地が破れていて、見る間に血で染まっていった。

「大……丈夫」

そう答えて立とうとするが、痛みがひどく、震えて力が入らない。その間に、家から出てきた別の男がいまにも二発めを撃たんばかりの様相で近づいてきて、二メートルほど距離をとったところで止まった。

もうひとりいたとは――。

いや、先日のマルチェロの配下もふたり組だったので意外でもなんでもない。こちらの男はアジア系のようで、黒髪で、おそらく二十代後半だろう。

「おかしな真似《まね》をすれば、今度は急所を撃つ」

それが脅しでもなんでもないことは、たったいま身をもって教えられた。あと少しズレていたら動脈を傷つけた可能性もあったのかと思うと、血の染みが広がっていくパンツを目にして、背筋が凍る。

どくどくと脈打つような痛みと熱さに胸を喘《あえ》がせた和孝は、いまさらながらに、あのときのジョシュア・マイルズの言葉の正しさを痛感していた。

フェデリコは揉め事は芽が出る前に摘むひとだが、マルチェロなら弟の命までとるような真似はしない。

確かにだ。目の前の男たちはフェデリコの配下なのだろう。

「……沢木、くんは退いて」

相手が日本語を解さないのは幸いだ。小声で沢木を促す。

本当は、久遠を頼りたくない。が、いまの状況は自分が対処できる範疇《はんちゅう》を超えている。自力で動いて最悪な事態に陥ることが、なにより怖かった。

「ひとりにできるかよ」

冗談じゃねえと沢木が突っぱねる。

けれど、和孝にしても冗談のつもりはなかった。

「ふたりで捕まってどうするんだよ。沢木くんが伝えてくれないと……久遠さんが異変に気づくまでどれだけかかる？　二時間？　三時間？」

苛立ちもあらわにそう言う間も、痛みが増していく。は、はと短い息をつく傍ら滲んでくる脂汗が不快だった。

「十分だ」

沢木が口早に返す。

「十分、俺からの電話が遅れたら、親父《おやじ》はなにかあったと判断する」

その後、銃を持った男を睨《にら》みつけた。

「バイクを降りて、こいつの傷口を確認する。撃ちたきゃ俺を撃て」

そう言うが早いか、言葉どおりバイクを降りる。

男が銃を握る手にぐっと力を入れたのがわかり、痛みに呻《うめ》きつつも和孝は慌てて男に通訳した。

沢木まで撃たれてしまえば、それこそ窮地だ。

険しい表情を崩さない黒髪の若い男に、最初に会ったほうの男が渋い顔をして首を横に振った。

「面倒事を増やすな」

ため息交じりの忠告に、若い男が肩を怒らせる。

「俺が撃たなかったら、みすみす逃がしていただろ。油断するなと言ったのに」

「油断したわけじゃない。ただ、日本で面倒事を起こすと、あとの手間がかかる」

「手間を惜しんで仕事がおろそかになったら本末転倒だ」

男たちのやりとりを頭の中で整理しようとするが、難しい。

「……うっ」

沢木が傷口の近くのパンツに触っただけで、激痛に呻くはめになったのだ。傷の痛みが鋭いうえ、頭の中まで熱をもってなにも考えられなくなった。

「弾は残ってない。おそらく骨は無事だと思うが……」

沢木の生々しい一言に、なおさら痛みが増した。

「骨……とか、やめてくれる？　俺、銃で撃たれたのって、初めてなんだし」

「普通はそうだ」

確かに。

普通の人間は、銃を目にする機会すらない。

「おい」

血のついた指を無造作に上着で拭《ぬぐ》った沢木が、立ち上がり、男たちに向き直った。

「家の中で傷の処置くらいさせろ」

頼み事というよりまるで脅しだ。と思ったのは、あながち間違いではないらしい。

言葉が通じないとはいえ、そ知らぬ顔をしている相手に、沢木は低いトーンで続けた。

「富豪かなんか知らねえが、日本のやくざ舐《な》めてると、あとで痛い目見るぞ。少なくとも俺は——うちの組はおまえらを絶対許さねえ」

どうやら「やくざ」という単語は伝わった様子だ。ジョシュアや五十嵐が「やくざ」と関わったことは、例の音声データによって認識済みであるのは間違いない。おそらく今回もその想定はしているはずだった。

「もっと面倒くさいことになるって、言ってます」

沢木の言葉をそのまま通訳するわけにはいかず、必死で痛みに耐えながらそれだけ伝える。

無視されるかと思えば、今回はちがった。

「そうだな。こっちもできれば大事にしたくはない。ただし、携帯電話は預からせてもらうぞ」

よほど日本のやくざは厄介だと思っているのか、それとも他に理由があるのか知らないが、すんなり受け入れられる。

「立てないなら、おぶる」

沢木の申し出は辞退し、手を借りてなんとか自力で立ち上がった。その後も沢木に支えられて家まで歩いたが、脚を動かすたびに傷口が痛み、気が遠くなりそうだった。

「……ごめん。あと、ありがとう」

こんなことになったのは自分の責任だ。いや、あのとき久遠の電話を受けたあとすぐにガレージを出ていたなら、撃たれたのは沢木だったかもしれない。だとしたら、これで正解だったと思う。

窮地に陥った際の対応力は格段に沢木のほうが上なので、無事に切り抜けられる確率は断然高くなる。

「早えよ」

ち、と沢木が舌打ちをした。

「てめえを病院に送り届けたあとなら、礼でも詫《わ》びでもいくらでも聞いてやる」

沢木らしい一言に、こんな場面にもかかわらず頬が緩む。

「そうするよ」

自分を支えてくれる沢木の手を頼もしく感じつつ、和孝は深く頷いた。

3

何年ぶりだろうか。

屋敷内を見渡したルカは、当時の記憶をよみがえらせる。マルチェロに誘われて、離れから屋敷を訪ねるたびにひどく緊張した過去を。

ふたつ年上のマルチェロが自分たち母子にいい印象を持っていたはずはないのに、内心はどうであれ、表立ってなにか嫌がらせをされた記憶はない。それどころかゲームの相手や課題の手伝いまで、なにかと構ってきた。

少なくとも仲間として、ジョシュアと同等に扱ってくれた。

そして父親は——当時もいまもよく知らないというのが正直なところだ。

「ルカ、こっち」

シャンデリアも壁紙も当時とはちがうのか、初めて来る家のような印象を抱きつつ廊下でぼんやりしていると、ジョシュアに手招きされ、足を踏み出した。

「昔とそれほど変わってないと思いますが、まさか忘れましたか?」

あれだけここで過ごしておきながら、とでも言いたげだ。

「いや……まあ」

曖昧《あいまい》な相槌《あいづち》で躱《かわ》す。

ジョシュアの言うとおり子どもの頃の大半を過ごした場所であっても、実際訪れてみると屋敷の印象は薄く、自分にとってはやはり他人の家でしかなかった。思い出のほとんどはジョシュアとマルチェロで、屋敷自体にはない。

それは父親に関しても同じだ。

一度として父親だと思ったことはなかったせいか、病状が芳しくないと聞いてもどこか他人事《ひとごと》のような感覚だ。彼は常にフェデリコ・ロマーノであり、マルチェロがその息子だった。

それゆえ、「会わずじまいというわけにはいかないでしょう」というジョシュアの言葉に動かされて屋敷を訪ねてきたのかと言えば、少し意味合いがちがう。ましてや、父親を見舞おうなんて気はさらさらなかった。

自分が見舞ったところでなんの意味があるというのだ。

とはいえ、どことなく昂揚《こうよう》しているように見えるジョシュアを前にして水を差すのもどうかと思い、それ以上なにも言わず、身なりを気にしているふりで自身のジャケットの胸元を軽く叩《たた》いた。

フェデリコの部屋の前には、門番よろしくスーツ姿の配下が立っている。

黙礼をしてからジョシュアがドアをノックしようとしたまさにそのタイミングで、向こうから男が現れた。

最後に会ったときはまだ四十代半ばだったが、髪はグレイになり、目尻《めじり》には年相応に皺《しわ》が刻まれている。背筋の伸びた、凛《りん》とした佇《たたず》まいは当時のままだ。

「ルカ」

父親であるフェデリコより、もしかしたら母親のナナコより思い出す回数は多かったかもしれない。

ロバート・マイルズ。

フェデリコの秘書で、ジョシュアの養父だ。もっとも秘書というのは表向きの肩書で、公の場にはほとんど顔を出さず、フェデリコ個人の直属であるため、他の秘書とは立場も仕事内容も異なる。

ふたりが幼馴染《おさななじ》みだと聞いた際には、どうりでと嗤《わら》わずにはいられなかった。マルチェロにジョシュアという幼馴染みを与えたのは、きっと自分たちになぞらえるためだろうと。

「すっかり立派になられて、安心しました」

マイルズの社交辞令に、愛想笑いで応じる。

「どうも」

が、握手やハグをするほどマイルズに親しみはないため、身を退《ひ》くことで拒んだ。

「おじさんもお元気そうでなによりです。それで？　今日は俺が親父《おやじ》になにかしないか、見張るために来たんですか？」

ドアを指差してそう言う。

どうせ顔色ひとつ変えないとわかっていたが、まさかほほ笑みを浮かべるとは予想していなかった。

情すら感じさせるまなざしを向けられ、敗北感に駆られて、唇の内側を噛《か》むと、ジョシュアが横から口を挟んだ。

「ルカ。私がお義父《とう》さんを呼んだんです」

どうしてと視線で問う。いまだお膳立《ぜんだ》てが必要なのかと、責めたい気持ちにもなった。

しかし、これは勘違いで、お膳立てが必要なのはどうやら父親のほうらしい。

「親というのはみな、子の前では格好をつけたいものですからね。普段からマルチェロも遠ざけているくらいです」

ようは、弱った姿を見せたくないということか。

「そういう話なら、俺、帰ります」

年寄りになってもプライドの高いことで、と呆《あき》れつつ、踵《きびす》を返そうとする。

「ルカ」

立ち去らなかったのは、ジョシュアが呼び止めてきたためだ。

自分がわざわざここに来たのは、病床にある父親への感傷や憐憫《れんびん》からではない。ジョシュアの気遣いを優先して、日本に戻る前に立ち寄っただけだ。

強いて言えば、自分の顔を見たときどういう反応をするか、興味はあった。

「帰らないでくれ。私はもちろん、お父さんもきみが訪ねてくるのを待っていたんだから」

けっしてマイルズの嘘くさい言葉に絆《ほだ》されたわけではなかったが、無言で肩をすくめ、予定どおり父親に会うことを選んだ。

マイルズがドアをノックする。

開けたのは中にいた配下で、彼はマイルズに黙礼するとそのまま部屋の外へ出た。

「どうぞ」

マイルズに促され、ルカは室内へ入る。てっきりジョシュアとマイルズも一緒なのかと思っていたが、ふたりはその場に留まり、ドアを閉めた。

いきなりふたりきりか。もし俺がここで親父を手にかけるつもりだったらどうする気なんだよ。

そんなことを考えたのは、多少なりとも躊躇《ちゅうちょ》があるからだろう。すでに記憶にない父親の広い寝室で、ルカは豪奢《ごうしゃ》なベッドへ目を向けた。

ゆっくりと歩み寄る間、自分が緊張していることに気づいたが、これぱかりはどうしようもない。

子どもの頃の刷り込みに近いと言える。

「…………」

しかし、傍《そば》に寄ってみるとベッドは、もぬけの殻だった。いったいどういうことだ？

その疑問はすぐに晴れる。

「なんだ。死にかけているとでも思ったか」

声のしたほうを振り返ると、シャツとスラックスを身に着けた父親がソファに腰かけ、ゆったりと脚を組んでいた。

顔色は紙のように白い半面、双眸《そうぼう》は以前のまま力強く、瞬時に萎縮《いしゅく》する。自分より三十以上も年上で、小柄な老人に気圧《けお》されてしまうのだ。

情けなくても、これが現実だった。

「ああ」

精一杯の虚勢を張り、片頰《かたほお》に嗤笑《ししょう》を引っかける。

「思っていたより元気そうですね」

実際は、やはり病人という印象だ。頰はこけ、身体《からだ》もひと回り小さくなったように見える。無理をしているのは明らかだった。

ドアの向こうでマイルズが待機しているのはそのせいかと納得し、ルカは平静を装って肩をすくめた。

「これほど元気だとわかっていたら、来なけりゃよかった」

　感動的な再会を望んでいたわけではない。とはいえ、数年ぶりに会う息子に対してこうも高圧的な態度がとれるのかといっそ感心してしまう。

「ジョシュアは、おまえを呼び戻したがっているからな」

「へえ。それは初耳です」

　父親が、ひとつ咳《せき》をした。厭《いや》な咳だ。癌《がん》だと聞いているが、なんの癌だったにしても肺に転移しているのかもしれない。

「立ってないで、座ったらどうだ？」

　向かいのソファを勧められ、一瞬迷ったすえに腰かける。といっても、長居をする気はなかった。

「彫刻家だったか。血は争えんな」

「そうですね。俺も、クルーザーの整備ミスで死ぬかも」

　ほんのわずか父親の眉《まゆ》がひそめられる。その様子がまるで哀れんでいるようにも見え、不快になった。

　子どもだからごまかせるとでも思ったのか。それとも知られても、どうせガキにはなにもできないと高をくくっていたのか。

「ご存じだったかどうかわかりませんが、俺、あのクルーザーに一緒に乗る予定だったたんですよ。けど、幸か不幸か母親に置いていかれたせいで、命拾いした。おかげで、目の前でクルーザーが爆発するのを見るはめになりましたけど」

事故後、しばらくは頻繁に悪夢にうなされた。

クルーザーから投げ出された母親が徐々に燃えていく夢だ。実際には死に顔も見せてもらえなかったので、どの程度の損傷だったのか知らずじまいだが、夢の中の母親はほとんど炭になった状態でなお笑っていた。

カウンセリングに通ったおかげか、数ヵ月で悪夢を見なくなり、存外自分は冷たい人間らしいと知る機会にもなった。

「一度は命拾いしたとしても、結局死神は見逃してくれないって言いますしね」

「ルカ」

もう十分だと言いたげに父親が制してくる。

「そういう話をするために訪ねてきたのか」

「――――」

これには、なにも言い返せなかった。

久しぶりに対面した父親に当《あ》て擦《こす》りを言うなど子ども同然だ、と揶揄《やゆ》されたような気がしたのだ。

「黙っているなら、こちらの用件から伝えよう。私としては、兄弟助け合って家を守《も》り立ていってほしいと思っている。無論、おまえの言い分次第では検討し直してもいい」

白々しい、と腹の中で嗤う。

もしそれが本心なら、あの日ジョシュアがそう言ったはずだ。ジョシュアの訪日の目的は、将来足枷《あしかせ》になるだろう庶子を葬ることだったのだから。

「そうなんですか？　てっきり、愛人の子が面倒な主張をし始める前に、口封じしたいのだとばかり」

「なにを言いだすのかと思えば」

は、と父親が笑い飛ばした。

いつまでも駄々をこねるなと言われているようで、その笑い方にむっとする。

「ジョシュアをわざわざ日本に送ったのは、そういうことでしょう」

現にジョシュアから聞いたと匂《にお》わせる。

これにも父親は平然としていた。

「本気でそうするつもりなら、マイルズはジョシュアをやったりしない。あれがおまえになにもできないことくらい、マイルズはよくわかっている。もっとも」

そこでいったん言葉を切ると、父親はまた咳をした。

「あんな音声データを公開するとは――してやられたよ」

してやられたと言いながら、どこか愉《たの》しげにも見えるその様子に、所詮《しょせん》ガキのすることだという見下しを感じる。父親の手のひらの上で踊らされているような感覚になり、ぐっとこぶしを握った。

「そうですか。じゃあ、これはどうです?」

父親の顔を見据える。

「じつは俺、この数年いろいろ証拠集めをしていたんです。クルーザーに爆発物をしかけたって話を事前に耳にした男を見つけましたよ。どうやら実行犯が、なにかあったときの保険のために爆発物をしかけるところを動画に撮っていたようで。家捜ししてももう遅いです。SDカードは、知り合いに預けましたから」

動画が決定的な証拠にならないことくらい重々理解している。ロマーノ家の名をもってすればもみ消すことは容易だし、万が一公になったとしても、いくらでも言い逃れできるだろう。

だが、これ以上家に関する黒い噂《うわさ》は望まないはずだ。過去はいざ知らず、現在は裏社会の人間との関《かか》わりは薄れている。

クリーンなわけではない。厄介事を内部で処理している、それだけの話だ。

「なるほど、おまえは、私を脅迫しに来たってわけだな」

売り言葉に買い言葉であって、脅迫する気など微塵《みじん》もなかったものの黙って聞き流した。それをどう受けとったのか、突如、父親が吹き出した。

「血は争えない、か。まさにだな」

どういう意味なのかわからず、父親を窺《うかが》う。

「ナナコも、私を脅してきた。二度」

だが、これは想定外だった。

「一度目は、出産の直前。二度目は、おまえを日本の高校に入学させると言いだしたときだったか」

寝耳に水なのはもとより、なぜいまこんな話をするのか父親の意図が読めない。間違えれば、敗北感を味わわされるはめになる。

「一応、おまえの要望を聞こうか」

促され、数秒考えるふりをしてから口を開いた。

「ジョシュアを自由に」

一瞬、父親が目を見開く。その後すぐに、病人らしからぬ大きな声で笑いだした。

「やはり母親とそっくりだ」

そう言って。

つくづく癇《かん》に障る男だ。顔をしかめたルカは、ソファから勢いよく立ち上がった。

「好きなだけ笑ってればいい。あなたと昔話をする気はないので」

会いにきたことを後悔しながらドアに向かって歩きだしてすぐ、背中に、さも面白いと言わんばかりの一言が投げかけられる。

「まるでジョシュアが囚《とら》われているかのような言い方だな。彼が、ナナコの事故の件に関わっていないと思っているのか？」

我が親ながら、とことん厭になる。どこまでひとの神経を逆撫《さかな》ですれば気がすむのか。

「そのSDカードにしても、果たして決定的な証拠になるかどうか」

「……っ」

おまえのすることなどなんでもお見通しだとでも言うつもりか。

背中を向けていたのは幸運だった。まともに顔を合わせていたなら、きっと感情的になって罵詈雑言《ばりぞうごん》を浴びせていたにちがいない。

「中身を確認してみればどうですか？　それに、証拠はSDカードひとつとは限りませんよ」

「ひとつだろう。他人に預かってくれるよう頼んだのは、証拠とやらがひとつで、そのSDカードの中にしかないからだ。と私は考えているが、どうだ？　いま頃は、うちのものが入手しているだろうが」

「………」

ちがう。とは言えなかった。

バックアップをとるべきだとわかっていたし、実際そうしようとしたにもかかわらず行動に移さなかった。自分にとって重要なのは証拠そのものではなく、使うかどうかのほうだったからだ。

「おまえは、血も涙もない親だと思っているようだが、仕方のないことなのだ。ロマーノ家にはロマーノ家のルールがある。ずっと、な」

知るかよ、と吐き捨てたい衝動を抑え、唇を引き結ぶ。

「それを嫌悪するなら、自身が私の跡を継いで当主になって、ルールを変えるしかないぞ」

「――――」

まんまとのせられているのは承知で、父親を振り返った。

父親はそれ以上なにも返さず、わかっているはずだとでも言いたげにほほ笑んだだけだった。

「……失礼します」

打ちのめされた気分で部屋を出る。そこにいたのはマイルズでもジョシュアでもなく、マルチェロだった。

「なんだよ、その顔は」

マルチェロが舌を出す。

「感動的な父子の再会になるとでも期待していたか」

マルチェロの言うとおりだ。弱っている姿を見てやろうと思っていたのに、これでは踊らされに来たようなものだ。

「ジョシュアは？」

「兄弟の話があると言って、外してもらったよ。明日の便で日本に帰る前に寄ったんだって？」

「ああ」

そういえば、柚木《ゆぎ》は無事なのか。もしマイルズの配下と遭遇したのなら無傷ですむはずがない。

「……悪いことしたな」

ぼそりと呟《つぶや》くと、マルチェロが怪訝《けげん》な顔をする。

「いや、俺がここに寄ったせいで、知人に迷惑をかけたらしい」

柚木が悪態をついている場面が容易に想像できる。おとなしく従うようであればいいが、それを彼に期待するのは難しいだろう。

「いまさら？　ロマーノ家を恨んでいる人間はいくらでもいる」

確かにそうだ。恩恵を受けた者がいる半面、恨んでいる者も多い。

「というか、ジョシュアは初めからそのつもりなのかもな」

「ジョシュアが、なんだって？」

なぜここでジョシュアの名前を出したのか。

マルチェロは不穏な表情で目を眇《すが》めたあと、一歩分距離をつめ、耳元に顔を寄せてきた。

「ここに寄ろうって、どっちが言いだした？」

「それは……」

マルチェロが声をひそめる。

「ジョシュアには気をつけたほうがいい」

その一言で身を退くと、その意図を問う間もなく右手を上げて去っていった。

ひとりその場に残ったルカは、マルチェロの言葉を脳内で反芻《はんすう》する。まさか、ジョシュアが時間稼ぎのために寄り道をさせたとでも？

仮にそうだとして、なんの目的で？

「ルカ」

考え事に意識を奪われていたせいで、肩に手を置かれるまで背後の人間に気づかなかった。

「……ジョシュ」

顔を覗《のぞ》き込んできたジョシュアは、心配そうに眉宇《びう》を曇らせた。

「なにかあったんですか？」

黙っていると、肯定と受けとったらしい。肩の手を背中にやり、撫《な》でるように数回叩いてきた。

「フェデリコが厳しい態度をとるのは、あなたに期待しているからです」

ジョシュアの慰めの言葉が耳を素通りしていく。この期《ご》に及んでまだそんな台詞《せりふ》になるのかと、憎らしくさえなった。

「ここで解散しよう」

「え」

どうやらこれはジョシュアを驚かせたようだ。一度はつき合えと強要したのだから当然だろう。

「気が変わった」

ジョシュアの背後、向こうに立つマイルズへ視線を流す。まるで若者を見守るかのごときあたたかなまなざしが、これ以上なく胡散《うさん》くさく感じられる。

「でも」

「そもそも無理強いすることじゃなかった」

「無理強いなんかじゃ……本気で厭なら、初めから断ってます」

「そう?」

マイルズにそうしろと言われたんじゃないのか?

問う代わりに、マイルズを見据えたまま言葉を重ねた。

「けど、謹慎中にまずいんじゃない？　俺につき添って日本まで行くと知れば、マイルズがなんて言うか」

マイルズからジョシュアに目を戻す。わずかな睫毛《まつげ》の震えがジョシュアの躊躇《ためら》いを表していて、知《し》らず識《し》らずほっと息を漏らしていた。

どうやらマイルズの指示ではないようだ。それが知れただけでも、ここに来た意味はある。

「少し待っててください」

マイルズの許可を得るために離れようとしたジョシュアの腕を摑《つか》み引き止めたのは、本人に決めさせたかったからだ。

「一緒に来る？　来ない？」

もしマイルズが許可しなかったとしても、自分と一緒に来るとジョシュアが答えなければ意味がない。

「俺は、どっちでもいいけど」

この場で答えを出すよう迫る。できるものならと声音に含ませたのは、もちろん故意だった。

「約束したから」

歯切れの悪さは不服だが、とりあえずは望む結果になった。マイルズがすでに立ち去ったあとだったのが残念だ。

「それなら、このまま出よう」

ここに一泊するつもりは端《はな》からなかった。

有無を言わさぬ強さで摑んだ腕を引き、歩きだす。ジョシュアは抗《あらが》わず、手を離せとも言わなかった。

でも、まだだ。

まだ許したわけじゃない。

「フェデリコと話せた?」

「ああ。ルールを変えたいなら当主になれとさ」

先日、ジョシュアを寄越した理由はこれだったかと、呆れる。ジョシュアであれば、日本で好き勝手にやっている放蕩《ほうとう》息子を呼び戻せると算段したにちがいない。

「……ルカは、なんて返事を」

硬い口調の問いかけには、なにもと返す。

大方兄弟を争わせることで、マルチェロを奮起させようと目論《もくろ》んだのだ。マルチェロは、ロマーノ家の跡取りにしては気がよすぎる。心が弱ければ、早晩潰《つぶ》されてしまう。現に、さっき会ったマルチェロからは微《かす》かな酒の臭いがした。

「ばかばかしい」

……利用されてたまるか。

鼻であしらい、話を打ち切った。

ジョシュアもそれ以上追及してくることはなく、ふたりで屋敷をあとにする。もう父親の顔を見ることはないだろうが、少しも名残惜《なごりお》しいとは思えなかった。

脈打つような大腿《だいたい》の痛みに、和孝《かずたか》は小さく呻《うめ》く。吐く息は熱く、汗ばんだ肌が気持ち悪くてたまらなかった。

ソファの背凭《せもた》れに背中を預けた姿勢で、目の前の男を睨《にら》みつけようにも、痛みのせいで難しい。これまで経験したことのない痛みだ。

「血が止まってくれればいいが」

パンツをハサミで割き、患部を洗ってラップで保護したあと、上からテーブルクロスの切れ端を巻きつけて応急処置を施してくれた沢木《さわき》に、ありがとうと礼を言う。

沢木は舌打ちをすると、男に向かって嚙みついた。

「人質なら俺ひとりでいいだろ。こいつの身にもしなにかあったら、おまえらどう責任とるつもりだっ」
だが、いくら怒鳴ったところで日本語を解さない相手はそ知らぬ顔で聞き流すだけだ。
沢木自身は応急処置のあと後ろ手にされて両手首をガムテープで縛られてしまっている
し、和孝にしても、わざわざ英語に訳して伝える気分ではなくなっていた。
「つか、もうひとりの奴《やつ》はなにやってんだよ。まだ見つけられねえのか」
苛々《いらいら》と沢木が貧乏ゆすりをする。
しかし、すぐに見つけられないのは当然だった。目的がSDカードであることは伝えた
が、その隠し場所については教えなかった。みすみす渡すのが腹立たしくて、正確な場所
は聞いていないと突っぱねたので、いま頃あの黒髪の若い男がガレージ中を探しているは
ずだ。
痛みを堪えてまで意地を張ったのは、「十分」と言った沢木の言葉を信じているからに
ほかならない。
久遠《くどう》が気づいたならきっと大丈夫だと確信している。
額の汗を手で拭《ぬぐ》った和孝は、久遠の身体にある傷痕《きずあと》を思い浮かべた。
切創がひとつ、銃創がふたつ。目の前で久遠が切りつけられたときも、組が銃撃されて
被弾したと聞いたときもこれ以上ないほど狼狽《ろうばい》して、怖くて、いまだ思い出すと血の気が
引いていく。

ざっとうなじに鳥肌が立ったのがわかり、血のイメージを払拭《ふっしょく》するため、別荘での療養に意識を持っていった。

あの数日間は、ひとつの転機になったと和孝自身は思っている。

久遠がどういう世界に身を置いているか、肌で実感した。命の価値が軽く、簡単にひとが傷つき、ときには死に至る、そういう世界だと。

それでも、付き添うことを許してくれた久遠に、この先なにがあろうと生涯傍にいようと決心した。

あの数日間は間違いなく特別で、たとえ久遠の記憶から消えてしまったとしてもなにも変わらない。すべてを憶《おぼ》えている自分をいまの久遠が受け入れている、それこそが重要なのだ。

「……こんなもんじゃなかったよな」

この程度で音を上げるわけにはいかない。久遠はもっと重傷だった。心中で鼓舞し、痛みをやりすごすために何度も浅い呼吸をくり返す。

そうしているうちに、ガレージを捜していた黒髪が戻ってきた。案の定その手には銃以外にもショットガンが二丁あり、見張り役のもうひとりの男と小声で会話し始める。

ショットガンに顔色を変えた沢木は忌々しげに何度目かの舌打ちをしたが、それも致し方ない。先方に乱暴な手段に出る大義名分を与えたも同然なのだ。

ショットガンをテーブルに置いた黒髪が、こちらへ向き直った。

「見つけた」

ショットガンの近くにでも落ちていたのか、黒髪の人差し指と中指の間にはＳＤカードがある。自分に使いを頼んだくらいなのでバックアップをとっていないのだろう。奪われてしまって申し訳ない気持ちになるものの、この場で自分にできることがあるとは思えなかった。

「服を脱げ」

「え」

「なにか隠しているかもしれない。他のメモリカード、あるいは武器」

ガレージで銃器を見つけたとなれば、負傷はなんの免罪符にもならないとわかっている。

沢木は、部屋に入る前に丸腰であることをチェックされた。衣服の上から触るだけではなく、下着の中まで確認するという念の入れようだった。

「どうせ拒否権はないんですよね」

駄目元で問うた和孝に、黒髪が相棒へ目線を流した。

「拒否すれば、彼がやるだけだ」

べつに裸をさらすことくらい、なんでもない。ただ、なんでも従わせられると高をくくられているのが不愉快なだけだ。

「自分でやる」

まるで怪我人《けがにん》だから配慮してやっていると言いたげな態度からして気に入らないが、無駄な抵抗をしようとも思わなかった。躊躇なく発砲してきた人間をまともに相手にしたところで、なんの利があるだろう。

「なんだって？」

言葉が理解できないストレスで、沢木は限界にきているようだ。貧乏ゆすりは激しくなり、男たちへ向ける視線にも険しさが増す。

「あー……俺の、身体検査だって」

「は？」

さらには、勢いよくソファから立ち上がるが早いか、男たちへ向かってがなり立てた。

「てめえら、いいかげんにしろよ。こっちがおとなしくしてるからって、調子にのんじゃねえぞっ」

後ろ手に拘束されている腕を摑んで止めなければ、手近なほうへ迷わず突進していたにちがいない。

「いいか。よく聞け。こいつには指一本触れさせねえし、脱がせねえ。どうしてもっていうなら、実力行使してみろや。できるもんならな」

捲《まく》し立《た》てた沢木の言葉は、もとより通じない。視線で通訳を促されても、脈打つような痛みは強くなる一方で、到底その気にはなれず、

「怒ってます」

それだけ伝えた。

なおも歯を剝《む》き、威嚇する沢木にふたりは眉をひそめる。言葉が通じないうえ、銃に臆《おく》さず歯向かってくる男は彼らにしても脅威になるようだ。

とはいえ、相手も素人ではない。沢木の弱点を把握していて、ほんの一メートル足らずの距離から、銃口を沢木ではなく和孝へ向けてきた。

「下がれ。脅しじゃない。なにも持ってないとわかったら、すぐに解放してやる」

自分を撃った人間の言い分をどうして信じられるだろう。が、圧倒的に劣勢である以上、どんな反論も無意味だ。

沢木がいっそう顔を歪《ゆが》め、ぴくぴくとこめかみを痙攣《けいれん》させた。

「てめえら、マジでいいかげんにしとけよ」

いまにも向かっていかんばかりの沢木を制し、

「なんてことない」

その一言でシャツの釦《ボタン》に手をやった。

「ところで、名前は？」

どうせ本名を教えることはないと承知で問う。和孝にしてみれば、偽名でも通称でも自分たちをこんな目に遭わせる男が誰なのか知っておきたかったのだ。

「だんまり？　なら、便宜上AとBって呼ぶ。それとも、トムとジェリーにしようかな。あなたがトムで」

「スミスだ」

トムとジェリーがよほどお気に召さなかったのか、男がさえぎった。

「そっちはヤン」

「あー……スミスと、ヤン」

どちらもポピュラーな名前だ。それでも、とりあえず名前がついたことでそれぞれを区別するのに役立った。

黒髪の、ヤンのほうが若く、血の気が多い。経験も少ないのだろう。一方でイタリア系に見えるスミスが紳士的かと言えばまったくそうではなく、現在の自分の立場や状況に不満を抱いている。

そう分析しつつ、座ったまま釦をひとつずつ外していく。多少時間をかけても、怪我のせいか、ガレージで見せた要領の悪い男という印象のせいか、急《せ》かされないのをいいことに和孝は精一杯の忍耐力を掻《か》き集《あつ》めて痛みを押しやり、話を続けた。

「そういえば、公開された音声データは聞きました？」

突如なにを言いだすのか怪訝に思ったのか、ふたりが不審そうな視線を投げかけてくる。和孝にしてみれば、目的は時間稼ぎで、相手の興味を引けるなら話の中身はなんでもよかった。

家に入ったときからおよそ一時間がたっている。

「じつは俺、偶然にもあの場にいたんですよね」

口を閉じてろ、と沢木が横やりを入れてきてもやめなかった。

「びっくりしました。だって、かの有名なロマーノ家のご落胤《らくいん》がまさか日本にいるなんて想像もしてなかったですから。ロマーノ家も、一枚岩というわけにはいかないみたいですね」

男たちの目つきが瞬時に変わる。自分たちの仕事に邪魔な日本人から、いったい何者なのかと得体の知れない人間を見る目になった。

相手の警戒心を煽《あお》りたいという目的は果たせ、和孝はシャツの前を大きく開いたあと、パンツのホックを外しにかかる。その傍ら、さらに言葉を重ねた。

「ところで、SDカードの中身って知ってます？　なかなか衝撃的だから、これも公になるとまずいんでしょうね」

壁の時計を見る。もうそろそろ助けが来てもいい頃合いだ。もしかしたらもう外にいて、飛び込むタイミングを計っているのかもしれない。

沢木がきっと――。

「もう黙ってて、横になってろ。顔が赤い。熱が出てきたのかもしれねえ」

すぐ近くから沢木の声がした。そうだった。沢木はここにいるのだから、来るのは別の配下だ。

「ああ……そうか」

言葉で指摘され、熱っぽさを自覚する。患部の熱が、全身に広がっていったような感覚だった。

パンツを脱ぐのをやめ、素直に横になろうとした和孝だったが、そうはできなかった。

「寝るな」

どうやらふたりとも、ＳＤカードの中身を聞かされてはいないらしく、その顔にはこちらへの警戒心以上に、知りたいという欲求が見てとれる。こんな奴に遅れをとってなるものかというプライドがあるのかもしれない。

「衝撃的というからには、なにが入っているのか知っているんだな？」

血の気の多いヤンより落ち着いて見えたスミスが前のめりになったことでも、それがわかる。

「ああ？」

沢木が上唇を捲《めく》り、歯を剝いた。

「ごちゃごちゃ言ってると、殺すぞ」

悪意は伝わったのだろう。

「ファークユー」

続けて中指を立てたせいで、瞬時に場の空気が凍りついた。

相手が銃を構え直すまでの一瞬の隙《すき》をついた沢木は素早い動きで飛び上がったかと思うと、ヤンめがけて回《まわ》し蹴《げ》りをする。突然のことに防御する間などなく、まともに蹴りを食らったヤンは吹き飛んだ衝撃で手にしていた銃を落とし、呻き声を上げてその場に蹲《うずくま》った。

足で払った銃は床を滑っていき、首尾よくチェストの下にもぐり込む。

わずか数秒の出来事だった。

「……沢木、くん」

思いがけない展開に目を瞠《みは》ったのも、一瞬、パシュと乾いた音が耳に届く。銃弾のめり込んだ床に目を落としたのと、沢木がスミスに銃身で頭を殴られたのはほぼ同時だった。

片膝《かたひざ》をついた沢木を、なおもスミスは殴りつける。両手が拘束されているせいで、沢木は防御すらできない。

自分さえまともに動けたらと嘆いたところで無意味だ。

「貴様……っ」

蹴りを食らったヤンもそこに加わり、腫《は》れあがった顎《あご》を庇《かば》いつつも怒りに任せてこぶしを振るう。沢木もなんとか体当たりで応戦するが、一方的な暴力となるのに時間はかからなかった。

「やめろ！」

立ち上がろうと両脚に力を入れた途端、和孝は体勢を崩し、床に倒れた。撃たれた右脚が言うことを聞かず、身を起こすのも難しい。

「てめえは……じっとしてろっ」

切れ切れの沢木の忠告を無視して、床を這《は》って近寄ると、いままさに蹴り上げようとしているヤンの脚を摑む。が、勢いよく振り払われて、床の上にひっくり返った。

「うあ」

喉《のど》で呻いた和孝を一瞥《いちべつ》した相手は、ふんと鼻を鳴らすと負傷した大腿を容赦なく踏みつけてくる。ラップの下で血があふれたのがわかり、脳天まで激痛が突き抜け、脂汗が一気に噴き出した。

呻き、悶《もだ》える和孝の耳に、沢木の怒声が届く。

「ぶっ殺す……っ」

さんざん痛めつけられながら沢木は立ち上がり、ヤンに向かっていった。

蛙《かえる》が踏み潰されたような音がした。ヤンが腹を蹴ったせいで、沢木が嘔吐《おうと》したのだ。

シャツを汚してなお向かっていく姿を前に、正気でなどいられなかった。全身の産毛《うぶげ》が総毛立つような激しい怒りに痛みが二の次になり、上体を起こすが早いか、スニーカーに隠していた、ガレージで見つけた折り畳み式のサバイバルナイフを手にして、渾身《こんしん》の力で目の前にある足の甲めがけて振り下ろす。

「うあぁぁ！」

さすがの反射神経でヤンはすぐさま脚を引いたが、ナイフの切っ先が革靴越しに骨に当たった手応《てごた》えを感じた。

「Son of a bitch!」

すかさず頰を張られ、また床に倒れ込む。口の中に血の味が広がったが、屈辱感はなく、昂揚したまま「ざまあみろ」と吐き捨てる。

ははは、と沢木が大笑した。

「怪我人だからって、こいつを舐《な》めたのが間違いなんだよ」

ヤンは青筋を立てつつ早口でがなる。けれど、興奮と顎の負傷のせいで呂律《ろれつ》が回らず、半分も聞き取れない。いまや顎は二倍にも腫れているところをみると、かなりの痛手のようだ。ヒビでも入っているのかもしれない。

本人もそれに気づいたのか、顎を手で押さえ、ナイフの刺さった自身の靴を見下ろしたかと思うと、ふらふらとよろけて壁に凭れかかった。

「なんで、こんな日に——念のための家捜しって聞いてたのに……簡単な仕事じゃなかったのかよ」

乱れた呼吸の合間で文句を並べつつ、ナイフを抜くべきかどうか思案している姿から、案の定この仕事について日が浅いのだろうと察せられる。怪我を負ったのも初めてのようだった。

それを見たスミスが歩み寄り、有無を言わさずナイフを抜く。絶叫したヤンが「乱暴」だの「痛い」だの悪態をつくのを無視して、スミスは革靴を脱がして確認すると、

「大げさなんだ」

うんざりした様子でかぶりを振った。

残念ながら思ったより軽傷だったらしい。キッチンにあったペーパーナプキンで止血できる程度だとわかったことで安心したのか、ヤンがばつの悪そうな顔をする。

ぼそぼそと話し始めたふたりの声に聞き耳を立てていると、「ホテルで」「もういい」「終わらせる」、ときたま聞こえてくる単語に厭な予感しかしなかった。

その予感が正しかったと、話し合いをすませたスミスの口から知らされる。

「この家でこれからガス漏れの事故が起こるんだが、おまえたちはここに残していく。恨むなら、居合わせた不運を恨んでくれ」

あまりに一方的な言い分に、反論するより先に失笑が漏れる。なにが不運だ。世界的な

富豪が聞いて呆れる。

やっていることは三島《みしま》と変わらない。いや、影響力を鑑《かんが》みれば三島よりずっと性質《たち》が悪い。

ヤンに至っては、

「さっさと撃ち殺せばよかったんだ」

いまにも実行しそうな、憎しみすらこもった口調でそう言うのだから啞然《あぜん》としてしまう。

クルーザーの事故に見せかけて母親が殺されたという五十嵐《いがらし》の疑念が間違いであればいいとどこかで願っていたものの、こうなると正しかったと思わざるを得ない。ロマーノ家の黒い噂は真実だったのだと。

「始末するとか言ってんだろ？」

どうやら英語は理解できなくても雰囲気で察したらしい。床にあぐらをかいた沢木が、やってられないとばかりに血の混じった唾《つば》を吐いた。

「そうはならねえから、心配すんな」

あれほどの暴行を受けたにもかかわらず、沢木はダメージを感じさせないばかりか、いまだ双眸はぎらついている。

頼もしい限りだ。

「わかった」

迷わず頷《うなず》いたそのとき、スミスがガムテープを手にしているのが視界に入った。なにをするのかと思えば、割れた窓ガラスを塞《ふさ》いでいたらしい段ボール紙をもとに戻し、ガムテープで固定し始める。

できるだけガスを閉じ込めようとでもいうのか。その後キッチンへ向かうと、ガスコンロの点火ダイヤルを回す音がした。

やばい状況だとわかっていても沢木は満身創痍《そうい》だし、自分にしてもとても反抗できる状態にはない。

半面、それほど恐怖は感じなかった。自分でも不思議になるくらい、落ちついている。大丈夫。

きっと久遠さんが来てくれる。呆れた表情で、やっぱりマイクロチップが必要らしいと小言をこぼすのだ。

浅い呼吸をつきながら、散漫になっていく頭のなかで和孝は久遠のことを想《おも》い、大丈夫とくり返した。

「進展は？」

東京駅から車で奥多摩《おくたま》へ向かう車内で、久遠は運転席の組員に問いかける。ＳＤカードの回収に向かわせた沢木からの連絡がなかった時点でなんらかのトラブルに巻き込まれたのは間違いないため、すぐに新潟から戻ってきた。

いまだ電話一本ないとなると、よほどの事態だと判断できる。

「沢木からはなにもありません。真柴《ましば》さんは、もうすぐ現場に到着するそうです」

真柴には、事務所にいる者を両手ほど連れていくよう電話で指示した。

五十嵐の実家で想定外のなにかが起こったとすれば、相手は、十中八九ロマーノ家の人間。ＳＤカードの回収という雑事を担う人間であっても、丸腰とは考えにくい。

金さえ用意すれば、小型銃でもライフルでも調達する者はいくらでもいる。

「そうか」

先日の件を思い浮かべる。

五十嵐を迎えに来たのは、兄であるマルチェロの配下だと言っていた。フェデリコ側と息子のマルチェロ側は別行動をとっていた。となると、今回の家捜しはフェデリコ側単独とみるのが妥当だ。

ただでさえ、隠し子に関して面白おかしくメディアやネットでとりあげられているさなかだ。これ以上のスキャンダルを避けるために不都合なものもそれを知る人間もまとめて消す、そういう算段をしたとしてもおかしくない。

　腕時計で時刻を確認する。

　奥多摩まで、まだゆうに一時間はかかる。携帯を手にした久遠は、着信履歴から目的の番号を探し、電話をかけた。

『あなたからかかってくるということは、なにかあったんですか？』

　どうやら説明は不要らしい。

「五十嵐の家にいる部下に退くよう命じてくれ」

　すぐに本題に入ったものの、ジョシュア・マイルズからの返答はなかった。

「養父が怖いか？　それとも謹慎中だから関係ないとでも言うつもりか？」

　黙ったままのマイルズに、五十嵐の名を持ち出す。

「和孝に使いを頼んだのは彼だ。責任はとってもらうぞ」

　五十嵐と合流していると仮定してそう言ったところ、ようやくマイルズが重い口を開いた。

『私は、誰が日本に行ったのかも知らされてません。養父に頼むことはできますが――聞き入れてもらうのは難しいでしょう。泣き落としや脅しが通じるひとではありませんから』

「俺は頼んでいるんじゃない。この意味はわかるだろう？　強大な組織相手でも、いくらでも戦い方はある」

ふ、と苦笑交じりの笑い声が耳に届いた。

『ロマーノ家に宣戦布告なんて愚かな真似《まね》をするのは、あなたくらいです。でも、あなたなら養父を追いつめられるんじゃないかって気がするのも本当です』

まるでそうしてほしいとでも言いたげだ。

一方で、マイルズが養父に対して複雑な感情を抱いているというのも口調から伝わってくる。

感謝や尊敬の念のみではないようだ。

「口先だけだと思っているのか？」

『いえ』

マイルズは否定すると、またしばらく黙り込んでから、慎重に言葉を発した。

『もしかしたらそれを望んでいるのかもしれません。こんなことを言ったら、あなたはきっと他人任せにするなって言うんでしょうけど、私にはできないので』

一言では表しきれない経緯があるのだとしても、マイルズに共感する気は微塵もなかった。できないからと同じ場所に留まり、思考停止してそれでよしとしているのは、当人の意志にほかならない。

「無駄な時間だったらしい」

その一言で電話を切る。

もうそろそろ真柴が現地に到着する頃だと、再度腕時計に目を落とした。今回に至ってはマイクロチップ云々《うんぬん》の戯言《たわごと》ではすまされない、と思いながら。

不穏な考えが頭を掠《かす》めたそのとき、手の中で携帯が震えだした。

『親父さん、真柴です』

待ち望んだ真柴からの電話に、報告を待つ。

『家の周りを囲みました。中は静かですね。静かすぎて、突入するかどうか迷うくらいです』

勘づいて、待ち構えているのか。車は離れた場所で停めるよう指示したので、その可能性は低いはずだが。

あらかじめ想定して、待ち構えているのだとすればその限りではない。こちらが現れるまで相手は五十嵐宅を占拠し続けるだろう。

——俺でもそうするか。

目的がなんであれ、それを阻む者がいたとなれば、その背景を知りたくなるのは当然だ。どの程度の組織なのか、今後敵になるのか。

音声データを聞いた時点で木島《きじま》組を調査し始めたとなれば、なおさら確かめたいと考えるだろう。

「取り囲んだのなら、こちらの存在を知らせてまずは交渉を持ちかけろ。乗り込むのはそのあとでいい」

『袋のネズミ作戦っすね。了解しました』

「逃がすなよ」

はい、と快活な返答を最後に電話を終える。

先方が警戒しているのは、録音録画だ。やむを得ず応戦という形ならまだしも、自分たちからしかけたと世間に知られる事態は避けたいにちがいない。

想定し得るうちの、好ましくない事態を頭のなかで並べていく。

今回では、ふたりが別の場所に監禁されている場合だ。無論最悪は命をとられることだが、それについて考慮してもしようがないため、最良と最悪を除外し、そのなかであらゆる対策を練っておく必要がある。

「――――」

と、そこまで考えて、自分の願望でしかないと気づく。

相手はマフィアとの繋《つな》がりを噂される富豪だ。現に、先日訪日した配下は事前に銃を入手し、実際に使用もした。たとえ威嚇のためだったとしても、発砲すれば当たる確率は十分あった。

今回も相手が銃を所持しているのは確実だと思って間違いない。

ふと、燃え盛る炎の映像が脳裏をよぎる。憶えはないのにやけに明瞭《めいりょう》なのは、おそらく記憶障害のせいだろう。

BM《ビーエム》の火災か。

火災については上総《かずさ》が作成した資料にあった。BMに出資していた事実と、火災の日付程度の簡潔な説明で、和孝がマネージャーだったことは意図的に除外されていた。

どうやら自分はその場にいたようだと、炎の映像で確信する。と同時に、ひやりとした寒気に襲われ、ざっと首筋に鳥肌が立った。

水元《みずもと》の納骨の直後という事実もそこに拍車をかける。

炎の映像を振り払ってなお鳥肌が立ったままの首に手をやった久遠は、乱暴に擦った。ふたたび携帯を手にして呼び出し音を聞く間も寒気を払拭するまでには至らず、腕時計に幾度となく目をやりながら、増していく焦燥感をどうすることもできずにいた。

最初にそれに気づいたのは、沢木だった。顔を上げて周囲を見回した沢木に、男たちも異変を察知し、室内は一気に緊張感が張りつめた。

もしかして——自《おの》ずと期待が高まる。

やっぱり来てくれた。それだけで痛みが遠退《とおの》いた気すらした。

「誰か、中にいますか」

悟られないよう近づいてくるのだとばかり思っていたのに、外にいる男が大声で呼びかけてくる。まさか助けではなく、通りすがりのひとなのか。

いままさに立ち去ろうとリビングダイニングを出ようとしていたスミスとヤンは予期せぬ事態にぎょっとし、顔を見合わせたが、それは和孝にしても同じだった。

通りすがりなんて、このタイミングでは考えにくい。だとすれば外にいるのはやはり組員で、直談判《じかだんぱん》をするつもりらしい。

「えーっと、言葉が通じないんじゃ話にならないんで、ここからは英語でいかせてもらいますね」

その一言で、次は別の男が英語で声を張り上げる。

「うちの人間がいるなら、外に出してもらえませんか。お互い、面倒は避けたいでしょう？　我々も、何事もなかったみたいにすぐここから立ち去ります」

沢木には、どちらの声の主もわかっているようだ。舌で血を舐めとるその口許《くちもと》が笑っているのが見えた。

「そちらがどこのどなたであろうと我々は詮索《せんさく》しませんし、なにを持っていってもらっても構いません。そこにいるうちの者を無事に返してくれるだけでいいので」

なんてまどろっこしいことをと一度はじれったく思った和孝にしても、そうか、と回らない頭なりに合点《がてん》がいく。

交渉という手段に出られた以上、相手の出方は自ずと決まってくる。ふたたび音声データ、さらには映像が流出するかもしれないと考えた場合、極力リスクを避けたいはずだ。

そのせいだろう、銃を握り直した男たちの表情は険しい。こちらの時間稼ぎにまんまとのせられたと臍《ほぞ》を噬《か》んだところで手遅れだ。

スミスが沢木と和孝を見比べたあと、くいと銃を窓のほうへと動かした。

「妙な真似をしたら、こいつを撃つ」

沢木を盾にして外を確認するつもりだろう。

銃を向けられた和孝を見て、沢木がふらりと立ち上がる。おぼつかない足取りで窓の傍へ歩み寄ると、自らカーテンの合わせ目に頭を突っ込むようにして外を確認した。

「うちの組のモンが四人。銃は持ってない。けど、ポケットにはあるかもな。おとなしく従ったほうがいいんじゃないか？　今回はカメラも回ってるから、なにかすれば顔までばっちり写るぞ」

沢木の言葉に安堵《あんど》で力が抜けそうになったが、まだ終わったわけじゃないと自身に言い聞かせる。

「よけいなことはするな」

叱責しつつも通訳を促してきた男に銃口で頭を小突かれ、渋々従った。

その間にも、ガスの臭いが鼻につき始める。初めから、他にも証拠の類《たぐ》いがあると仮定して家ごと燃やす算段だったようだ。

「ひとり人質にして出よう」

沢木の後ろから、自分の目でも外を確認したスミスのその後の判断は早かった。どちらを人質にするのか、答えは明白だ。スミスは沢木の腕を掴むと、

「我々が無事に日本を出るまでつき合ってもらう」

すぐさま行動に移して横腹に銃を押しつけ、歩くよう命じた。ろくに立ち上がれない和孝など完全に無視だ。

「いいか。無理にでも立て。立って、ついてこい」

銃を押しつけられてなおこちらの身を案じてくれる沢木に言われて、どうして立たずにいられるというのだ。

頷いた和孝は、力を振り絞って身体を動かし、左足を重心にしてソファから腰を浮かせる。それだけで身体が震え、息も上がって胸が大きく喘《あえ》いだが、ここで音を上げるわけにはいかなかった。

沢木を先頭にして玄関へ向かう三人の背中を追う形で壁伝いに歩き、懸命に足を前に出す。できるだけ右側には体重をかけないようにしたが、それでも一歩進むごとに痛みで汗

が噴き出した。

沢木に銃を突きつけているスミスが玄関のドアを開ける。まずは沢木が外に出て、その後ろにスミス、ヤンと続く。

あと少し、と小さく呟いたときだ。

「うわ」

前を歩いていたヤンが突如後ろへ下がった。ちょうど踏み出した足を踏まれ、肘鉄《ひじてつ》を食らってしまい、バランスを崩してその場で勢いよく転んでしまう。

「……っ」

咄嗟《とっさ》に右脚を庇って身体を捻《ひね》ったせいで、傷口が床で擦れ、足先まで裂かれたような痛みで声すら出せず、その場で呻くしかなかった。

「悪い。おまえに足を刺されたせいで、ふらついてしまった」

顎の腫れのせいで滑舌が悪くなっているにもかかわらず、おしゃべりな男だ。

故意なのは表情で察せられる。よほど執念深い性格のようで、倒れている和孝を冷ややかに見下ろしたヤンは、案の定の台詞を発した。

「俺の足が軽傷だってわかって毒づいただろ」

これは、その報復というわけか。見た目どおり陰湿な男だ。

「足手纏《あしでまと》いなんだよ」

ヤンはそう言い、ポケットからライターを取り出して見せる。

「俺が外に出たら、これを投げ入れる。人質はひとりいれば十分だしな」

どこか愉しそうに見えるのは、実際、愉しんでいるからだろう。笑いながらライターをちらつかせる様に、かっと頭に血が上った。

「ネチネチネチネチうるせえんだよ」

ＳＤカードを回収するという目的がすでに二の次になっているとしか思えない。元来、いたぶることを好む奴なのだ。

「文句があるなら英語を使え」

「へえ、文句を言われる自覚はあるんだ」

希望どおり英語を使った。オプションで、鼻で笑ってみせる。

わかりやすくヤンは眦《まなじり》を吊《つ》り上げ、飛びかかる勢いで髪を掴んできた。

「は……なせっ」

「おまえ、いますぐ息の根を止めてやってもいいんだぞ。多少早まるだけだ」

髪を引っ張ってくるヤンの手を外させようと、手首を掴む。頭皮ごと剝《は》がれそうなほど引《ひ》き攣《つ》れたが、相手への怒りのほうが大きかった。

「いま死ぬか？」

どこか恍惚《こうこつ》とした双眸でヤンが言い放つ。

「おしゃべり、なんだな」

「まだそんな口を利くって？」

だが、そこまでだ。ヤンはそれ以上なにも言えなかったし、動けなくなった。

突如玄関のドアが開いたかと思うと、あっという間もなく沢木がヤンの首に腕を回し、絞め上げたのだ。

「てめえが死ね」

「待……っ。ぐぁ……うぅぅ」

逃れようとヤンは必死で沢木の腕を叩くが、見る間にその顔は赤黒く変わっていく。

「沢木、くん」

この短い間に外でなにがあったのかはわからない。が、ヤンを羽交い絞めにしているのは、確かに先刻まで歩くのがやっとに見えた沢木だ。

幾度となく目にしてきた生気に満ちた表情に、目の前でひとが死にかけているにもかかわらず、和孝は笑ってしまっていた。

「そうだな。俺も、へばってる場合じゃない」

力を振り絞って両手を支えに立ち上がる。が、すぐによろけ、なんとか足を踏ん張ろうとすると、背後から腕を掴まれた。

「触んなっ」

ぞっとし、その手を振り払う。

「それだけの気概があれば大丈夫っすね」

そこにいたのは三十前後の、一見ホストにも見える男だ。長めに整えた髪にしても、人好きのする笑い方にしても、沢木と正反対のタイプに見える。

顔に憶えがあるのは、以前会ったことがあるからだろう。名前も聞いた。確か――。

「真柴です」

そうだ。真柴だ。

真柴の他にも、ふたりほど組員がいる。

「裏から入ってガスは止めたし、窓も開けたんでもう平気ですよ。よく頑張りましたね」

相手の意識が前の四人に向いている間に、勝手口から入ったらしい。もし彼らが裏からこっそり抜け出そうとしたところで、どのみち八方塞がりだったというわけだ。

「七人も」

前に四人、後ろから三人。沢木から連絡がないというだけで、これだけの人員を動かしてくれたのか。

「いやいや、十一人で来ましたよ。こういうときは頭数がものを言うんで。うちのボスの作戦勝ちです。いい画《え》も撮れましたし」

しかし、それ以上の言葉が返ってきて、「うちのボス」という一言に和孝は胸を熱くする。

気が緩んでしまったせいで、身体から力が抜けた。座り込む前にまた腕を摑まれたが、今度は振り払わず、ありがたく頼った。

ヤンは沢木の腕の中でぐったりとして動かない。

「気を失っただけだ」

問う前に答えた沢木が、

「簡単に死なせるかよ」

苛立ちもあらわに吐き捨てる声が聞こえたけれど、なにも言う気はなかった。

もともと自分には関係ない。ＳＤカードを見つけて持ち帰るのが目的で、本来であれば自宅へ着いている頃だ。

「とりあえずここを離れましょう」

真柴がそう言い、肩を借りて外へ出る。スミスは車に押し込まれたあとなのか、すでに彼の姿は見えなかった。

意識を失っているヤンも荷物よろしく両手両脚を抱えて運ばれ、車の中へ放り込まれる。沢木のバイクもワンボックスカーの中へピックアップされると、一台を残し、瞬く間に去っていった。

静けさが戻ってくる。今回も隣家が離れていることが幸いし、まるで何事もなかったかのようだ。

「救急車を呼んでもいいんですが、銃創なので面倒なことになるかもしれません」

どうしますか、と問われて、答えは決まっていた。

「冴島《さえじま》先生にお願いします」

また冴島に迷惑をかけてしまうが、謝って頼るしかない。それに、怪我の程度にかかわらず、知らない医者より冴島に診てもらいたいというのが本音だった。

最後の一台の後部座席、真柴の隣に乗り込んだ和孝は、走り始めた車中で礼と謝罪をした。

久遠の親戚《しんせき》と認識されているからだとしても、真柴を始め、組員のおかげで助かった。久遠や沢木のためと先走ったせいで結果的に迷惑をかけてしまったと自覚があるので、なおさら心苦しい。

それでもなお、自分は今後も案じることをやめられないのだろう。

「俺のほうこそ、礼を言いたいくらいなんで」

「俺に、ですか？」

意味がわからず、首を傾《かし》げたタイミングで低いバイブ音が車内に響いた。

「すみません」

ポケットから携帯を取り出し、電話に出た真柴が話し始めてすぐ、相手が誰なのかを察した。

「万事予定どおりいきました。いま、冴島診療所に向かってます。いや～、気丈なひとっすね。感心しました」

そのあと、携帯をこちらへ差し出してくる。

受けとった和孝は、昂揚しながらそれを耳にやった。

『脚はどうだ？　痛むか？』

低く、穏やかな声に、完全に緊張の糸が切れる。自分が怖くてたまらなかったのだと、いま頃になって気づいた。

「……少し」

話したいことはたくさんあるような気がするのに、言葉が出てこない。

けれど、焦る必要はなかった。

『弱音ひとつ吐かなかったらしいな。応急処置の間も、一度も声を出さなかったと沢木が褒めていた。おかげで助かったと』

どうやら沢木と連絡をとったようだ。

沢木が自分と同じように助けられたと思ってくれたのであれば、これほど嬉《うれ》しいことはない。

「俺のほうこそ」

それしか返せなかったものの、久遠には伝わったらしい。ああ、と吐息交じりの返答のあと、

『ふたりとも、よく耐えたな』

予期せぬ一言を耳にした。

小言を覚悟していただけに、まさかこんな言葉を聞けるとは思いもよらず、胸がいっぱいになる。

『俺もこのまま冴島先生のところへ向かう』

「うん……じゃあ、あとで」

携帯を真柴へ返す。

真柴は黙って受けとると、ポケットにそれをしまった。

「気分は？」

真柴の気遣いに、首を横に振る。その一方で、急激に気が緩んだせいなのか、どっと疲労感に襲われた。

「――木さん」

「だ……いじょうぶです」

真柴の問いかけに答えるのもやっとだ。しゃんとしなければと思うのに、次第に自分が誰とどこに向かっているのか判然としなくなり、視界も曖昧になる。名前を呼びかけてく

る声も遠い。

暗く深い場所へ吸い込まれていくような感覚をどうしても払拭できず、電源が落ちたかのように和孝はそのまま意識を手放していた。

4

微《かす》かな声が聞こえる。

ほっとする声だ。どうやら不機嫌なようだが、そういえば自分もよく叱《しか》られたことを思い出し、自然に頬《ほお》が緩む。

「儂《わし》は家族でも――いが、この際だから言わせ――まえさんは、必ず守ると儂に約束し――それ――にこんな怪我《けが》を負わ――なん――あれは口先だ――たのか」

厳しい叱責《しっせき》に、別の声が答える。

「申し開――がありま――」

こちらは静かで、誠実なまでに後悔の念がこもっていた。

「謝っ――らわなくても――から、二度とこん――せないでくれ」

「はい」

そこでどちらの声も途切れてしまい、和孝《かずたか》は首を巡らせようとする。けれどなかなかうまくいかず、せめてもと貼《は》りついてしまったように重い瞼《まぶた》を持ち上げようとしたが、それも難しかった。

あたりは真っ暗で、誰もいない。

まるでたったひとり、深い森に迷い込んだみたいだ。

迷子になった子どもさながらの心細さを覚えつつ、周囲を窺《うかが》う。そこは靄《もや》が広がるばかりで、果たしてこの森がどれくらい広いのか、いつまで続くのか、見当もつかない。

さっきの声を求めて耳をすましても、もうなにも聞こえなかった。

どうしたらいいのか。困惑していると、

「和孝」

どこからか自分を呼ぶ声が耳に届き、答えたくて唇を動かす。俺はここにいる、早く見つけて、心のなかで叫んだ、途端だった。

靄が晴れていく。森ではない。最初に視界に入ってきたのは、自分を見つめている端整な顔だった。

「……久遠《くどう》さんの、そんな顔、初めて見るかも」

微かに不安を映したまなざし。これが幻だったら耐えられない。どうか本物であってほしい。そう願いを込めて、ゆっくり手を動かし、久遠の頰に触れる。

指先に感じたぬくもりに、よかったとほっとすると同時に、突如いろいろな感情がこみ上げてきて、冷静ではいられなくなった。

「俺……沢木《さわき》くんと……冴島《さえじま》先生は……」

言いたいことはたくさんあるのに、焦るばかりでちゃんと言葉にならない。それがもど

かしくて、いっそう混乱する。

枕《まくら》から頭を起こそうとすると、頬に触れている指ごと大きな手のひらが包んできた。

「冴島先生が処置してくれたから、安心してゆっくり寝てるといい」

その手の力強さと、自分に向けられた言葉の効力は絶大だ。心から気持ちが凪《な》いでいくのを実感した。

ふっと息をひとつついた和孝は、詫《わ》びも礼も泣き言も、ましてやあの男たちはどうしているのか等の質問も後回しにして、久遠の手の感触をしばらく味わった。

「久遠さん、急いで帰らせちゃったよな」

「そうだな」

「Paper Moon《ペーパームーン》もしばらく休まなきゃならなくなったし、呆《あき》れてる?」

「いや」

てっきり肯定が返るとばかり思っていたのに、意外にもそうではなかった。

「無事でよかった、それだけだ」

これが本心からであるのは疑いようがない。和孝が常に久遠を案じて無事を願っているのと同じように久遠も想《おも》ってくれている、その事実だけで身体《からだ》に喜びが満ちていく。

手を繋《つな》ぎ返し、ぎゅっと握る。ろくに力は入らないけれど、触れ合っていることが重要だった。

いまの自分には、久遠のぬくもりが必要だ。

「帰りの車内で思い出したんだが、BM《ビーエム》が火災に遭ったときも沢木と一緒だったんだろう？」

呆れることも咎《とが》めることもなく、世間話でもするかのような気軽さで久遠は静かに話し始める。

「うん、そう」

どの程度思い出したのか、問うたのは一度きりで、以降は記憶障害について久遠に確認していない。改善すればいいともちろん望んでいるけれど、仮にそうならなかったとしてもそれはそれで構わないと思っている。

自分たちにとって記憶障害は些末《さまつ》なこと、とまでは言わないまでも、そこまで重要視していないというのも事実だった。

久遠がBMの火災について思い出したのは素直に嬉《うれ》しい。そういう話だ。

「あのときも久遠さんを見た瞬間、俺、生きて出られた、これで大丈夫って実感したんだよな」

単純な自分がおかしくて、小さく吹き出す。痛み止めのおかげか、右大腿《みぎだいたい》はもとより身体の痛みはなく、むしろ気分はよかった。

「いまもそう。目が覚めて、一番初めに久遠さんの顔が見られて嬉しいよ」

正直な気持ちを吐露する。多少の照れくささはあっても、久遠相手に取り繕ったところでしようがない。

久遠に認められたい一心で意地を張り、両足を踏ん張っていなければならなかった昔とはちがう。いまの自分はもう、ひとりの大人として、自然な気持ちで寄り添えるようになった。

「急いで戻った甲斐《かい》があった」

久遠が目を細める。

「だね」

和孝もほほ笑み返した。

久遠の携帯が震える音が耳に入り、自分から手を解く。名残惜《なごりお》しいが、久遠の立場は理解しているつもりだし、目覚めたときに傍《そば》にいてくれただけで十分だった。

携帯に出た久遠が、わかったと一言だけ返して切る。

「冴島先生の言うことをよく聞いて、おとなしくしていられるな」

「わかってるって」

久遠が出ていく。その背中を、襖《ふすま》が閉まるまで見つめていると、入れ替わりに冴島が姿を見せた。

「調子はどうだ？」

「おかげさまで、悪くないです」

そう答えながら、苦い気持ちになる。一人前になって安心させたいと思っているのに、冴島には世話になる一方だ。

「また迷惑をかけてしまって……すみません」

起き上がるのを止められ、横になったまま謝る。

「儂に謝らなければならないほど、なにか悪いことをしたのか？」

これには、つかの間考えてから、首を横に振った。

「でも、結果的に冴島先生に面倒をかけたので」

「面倒なら、いくらでもかけて構わん。だが、心配させるのは、頼むからほどほどにしてくれ」

眦《まなじり》を下げた冴島の言葉に、胸があたたかくなる。冴島の存在が自分にとっていかに大事か、あらためて実感した。

孫みたいなものと以前冴島が言ってくれたように、和孝も祖父同然だと思っている。進むべき道を示してくれたという意味では、人生の師でもある。

「沢木くんは？」

「彼なら、怪我の手当てが終わった途端に帰っていった。相当痛めつけられたにもかかわらず、まあ、頑丈な奴《やつ》よ」

沢木が頑丈なのは、身体ばかりではない。心も同じ、けっして折れない男だ。

「沢木が心配しとったぞ。どれくらいで普通に歩けるようになるのか、仕事に支障は出ないかと」

「……沢木くんが、俺を？」

「おまえ、よほど仕事人間だと思われておるな」

ははは、と笑う冴島に、和孝も倣う。自身もひどい怪我を負っていながら他人を案じるなんて沢木らしい、と思いながら。

笑っているうちに、じわりと睫毛《まつげ》が濡《ぬ》れてきたのを自覚した。沢木、宮原《みやはら》、津守《つもり》、村方《むらかた》、そして冴島。

自分を案じ、無条件に信頼できるひとが傍にいてくれる、それはなんて幸運なことなのか。そう思った途端にむしょうに胸に熱いものがこみ上げてきた。

「先生。患者さんです」

襖の向こうから冴島を呼ぶ声がした。どこかで聞き憶《おぼ》えがあるような気がすると思った和孝だったが、襖が開くや否や、それが正しかったとわかった。

聞き憶えがあるはずだ。

白衣を身に着けた彼とは木島《きじま》組の別荘で何度か会っている。

「いま行く」

和孝の肩のあたりに手を置いてから冴島は腰を上げ、部屋を出ていく。目礼した彼が襖を閉め、部屋にひとりになったタイミングで名前を思い出した。

「そうだ……伊塚《いづか》さんだ」

白衣姿だったのだから、伊塚はいま冴島のもとに身を寄せているようだ。詳しい事情は知らないものの、伊塚にとってきっといいことなのだろう。

未来へ続くいまを歩み始めたのだ。

「……なんだよ、これ」

いったいどうしたというのか。怪我のせいで感情の制御が難しくなっているらしく、こめかみを涙が流れていった。

泣くなんて、と自分に呆れつつも涙は止まらず、しばらくの間頬を拭《ぬぐ》うのも忘れてあふれるに任せていた。

上総《かずさ》からの連絡を受け、和孝を冴島のもとへ残してきた久遠は、借金のカタにとりあげたばかりの不動産屋のセカンドハウスへ直行した。ひそかに愛人に与えたものだというだけあって、周囲から孤立した場所にあるうえ、地下にシアタールームを設《しつら》えたなかなかの物件だ。

売却か賃貸か、利用方法を決めかねていたが、今回は役に立った。

手入れを怠っていたせいで、いささか伸びすぎている木々に囲まれた敷地内へ車で乗り入れる。

沢木の代役を務めた運転手には車で待つよう指示して外へ出た久遠は、まずは出迎えの組員からの報告を受けた。

「さっきまで黙秘してましたが、こっちがなにも手出ししないとわかった途端、あれこれ話し始めましたね。まあ、英語が話せる橋口《はしぐち》がいないんで、まったく会話にならないんですけど」

橋口を帰したことで、さぞストレスが溜《た》まっているだろう。自《おの》ずと口数も増えていったにちがいなかった。

軽く頷《うなず》いた久遠は室内へ入ると、リビングルームで待機中の組員の挨拶《あいさつ》に目礼で応《こた》えてから地下へ向かう。

防音扉を開ける前から、微かに音楽が漏れ聞こえていた。

真柴《ましば》が映画を観《み》ているようだ。どれだけ音を出しても外には漏れないと相手に知らしめるためだとしても、真柴の場合、せっかくのシアタールームだからと映画を愉《たの》しんでいる様が容易に目に浮かぶ。

　扉を開けた途端襲いかかってきた大音量に、手を耳へやると、真柴を始めその場にいた組員三人が腰を折った。

「お疲れ様です」

　声を張り上げたみなに、音を下げるよう指で伝える。静かになって安堵《あんど》したのは久遠以上に、床に座らされているゲスト——スミスとヤンだった。

　ポピュラーな苗字《みょうじ》を使ったところをみると、偽名というより口から出まかせだろうが、名前はどうでもいい。このふたりが和孝と沢木に危害を加えた、その事実こそが重要だった。

　目の前のスクリーンでカーチェイスが繰り広げられるなか、ソファに腰かけた久遠は、ふたりの顔を交互に見た。

「便宜上聞くが、どっちがスミスだ？」

　ひとりは綺麗《きれい》な顔のままだが、黒髪のほうはひどい有り様だ。顎《あご》は大きく腫《は》れあがり、どうやら足にも怪我をしているらしい。

「いや、どちらでもいいか。とりあえずＳＤカードはもらっておこう」

　話しづらいだろうに、先に口を開いたのは黒髪だった。

「ジャパニーズマフィアが、どうしてここまでするんだ。なんの価値もないはずだ」

この言い分はもっともだった。

SDカード自体になんの価値もないうえ、関心すらない。

「確かに。だが、それの回収を頼まれて、気にしている人間がいる」

「あいつだろ? ルカに頼まれたって言っていたが……そもそもたいした関係じゃないっていうのに、しつこく食い下がってきたから……っ」

黒髪が自身の足へ視線をやり、舌打ちをする。

どうせおとなしく従うにちがいないと、見た目で判断したのが間違いだ。相手がやくざだろうと富豪だろうと、和孝にとっては怯《ひる》む理由にはならない。理由があれば、躊躇《ちゅうちょ》なく向かっていく性分だ。

たとえ自分が怪我を負っていようと。

一度こめかみに手をやった久遠はソファから腰を上げ、黒髪の前にしゃがんだ。

「おまえが暴行して、反撃にあったのか」

「………」

悪態をついていた彼が口を閉じる。どうやら少しは自身の立場が理解できたらしい。

「危機感が薄いな。新人か?」

この質問は、もうひとりのほうへ向けてした。

渋面で男は頷く。こちらにしてもやはり正確に状況を把握しているとは言いがたい。自分たちはロマーノ家の用事を担っているのだという自負が油断となって顔に表れている。

「新人が暴走しているのを、おまえは見過ごしたんだな」

男が顔を歪《ゆが》める。

「いや……止めた。奴が言うことを聞かなかっただけで」

言うことを聞かせられなかったのなら傍観していたのと同じだ。と、いちいち説明するほどの親切心は持ち合わせていないため、男から黒髪へ視線を戻した。

「それで、ＳＤカードは？」

唇を固く引き結んだ黒髪が、渋々の体でポケットからＳＤカードを取り出す。

「こんなもの、どうせなんとでもなる」

ロマーノ家の力で、と言外に含ませた一言は無視する。それこそどうでもいいことだ。

「銃はどこで手に入れた？」

金を払えば銃の入手は容易《たやす》いとはいえ、仲介した人間を見逃すわけにはいかない。前回と今回が同じ仲介屋だとすればなおさらだ。

「あらかじめ話はついていたので、こちらはロッカーに入っている銃を受けとるだけだった」

黒髪ではなく、もうひとりが答える。

「口を利いた者は誰だ？」

この質問にも、すんなりと名前を言った。本名ではないとしても、その名で仕事をしている可能性は高い。組織に所属しているのなら、その男ひとりですむ話ではなかった。

聞きたいことは聞けたので立ち上がり、ふたりに背を向ける。用がすんだ以上、長居をしてもしようがない。

「簡単にはすませるなよ」

真柴にそれだけ声をかける。

「ええ。もちろんですとも」

返答を受けて扉へ足を向けた久遠に、日本語は解さなくても周囲の雰囲気で察したのか、男が慌てて呼び止めてきた。

「解放してくれるんだろうな」

ここにきてやっと己の窮地を悟ったのか、振り返ると、疑心に満ちた双眸《そうぼう》で訴えかけられた。

「SDカードは渡したんだ。もう用はないだろ。俺たちはすぐに帰国するし、SDカードは見つからなかったと報告してもいい」

反して、いまだ黒髪は余裕を見せる。

「おまえら、後悔することになるぞ。ロマーノの名前を知らないわけじゃないだろう？まさか歯向かうつもりか？」

この期《ご》に及んでまだ楽観的な台詞《せりふ》を口にするなど、鈍いうえに愚かなようだ。一から説明する気はないため、その場で久遠は電話をかけた。

『搭乗時刻が迫ってますので、手短にお願いします』

ワンコールで出たところをみると、ある程度は電話がかかってくると予測していたようだ。

「行き先が日本なら、乗る必要はないだろうな」

話はこれだけで事足りた。

「ジョシュア・マイルズと話すか？」

携帯を差し出す。

助かったと思ったのか、わかりやすく目を輝かせ、男が携帯を受けとった。

「すみません。じつはいま、まずいことに……え……いや、誰って……自分たちは……待ってください！　そんな――」

男の声がそこで途切れる。かと思うと、見る間に顔色が失われていった。唇が小刻みに震えだし、力なく携帯を耳から離す。その様子を隣で見ていた黒髪は、不自由な滑舌でがなり始めた。

「なんだ。なにがどうなってるんだっ。あのひとはなんだって？　なんて言われたのか、教えてくれよ！」

だが、どれほど問うても男は返答しない。胸倉を摑《つか》んだ黒髪を振り払うと、すがりつく勢いで血走った目を向けてきた。

「どうすればいい？　金ならいくらかあるから払う。二度と日本には来ないから、見逃してほしい。第一、彼らに手を出したのはこいつで、俺はたいしてやってない。暴走するこいつを止めたくらいなんだ」

「おまえ……っ」

男の裏切りに、黒髪がぎゃあぎゃあとあらゆる汚い言葉を使って罵《ののし》る。富豪の下で働き、自身も特権階級になったと勘違いをしていたのだろうが、所詮《しょせん》メッキはメッキでしかない。

「言いたいことはそれだけか？」

男の手から携帯を取り戻した久遠は、

「おまえたちが本国の地を踏めないのは、おまえら自身のせいだ」

あきらめろ、と最後に一言残し、今度こそシアタールームをあとにする。先刻車中で受けた電話での会話を頭の中によみがえらせながら。

部下の不始末を伝えたとき、ジョシュア・マイルズはあくまで冷静だった。

もっとも物事はスムーズにいくかいかないかなので、失敗したと聞いても驚きはなかったただろう。

部下の失態はマイルズの落ち度でもある。組員と和孝が軽傷とはいえない怪我を負った事実を話し、五十嵐《いがらし》の責任を匂《にお》わせ、こちらの意向を伝えたところ、マイルズの判断は早かった。

——一応ルカの家を確認するという話は耳にしましたが、私はいま謹慎中なので、どう言えばいいいか。

実際は、謹慎中であっても知らなかったとは考えにくい。少なくとも、養父から部下を日本に向かわせる話は耳にしていたはずだ。

——知らない人間の知らない話なので、なにがあったとしても私は口を挟みません。煮るなり焼くなりお好きにどうぞ。

こちらからかけた一度めの電話のときとは明らかにトーンがちがった。返答の早さから、養父に指示を仰いだのだろうと察せられる。あるいは、説き伏せたか。現状で日本のやくざとトラブルになるデメリットを訴え、今回の結論を養父から引き出したとみるのがもっともしっくりくる。

それゆえの「煮るなり焼くなり」であるなら、したたかな男だとは思うものの、そうでなければ生きていけない環境だったともいえる。

素質を見抜いた養父が優秀なのだとしても、並の子どもであればとっくに潰《つぶ》れていただろう。

外に出た久遠は車に戻り、事務所へ向かう。

一応片づいたとはいえ、心情的にはすっきりとは言いがたかった。今回の件は、さすがに貸し借りナシとはいかない。沢木と和孝を傷つけられたことは許しがたいし、先方にしても部下を奪われた以上、多少の遺恨は残るはずだった。

こちらから積極的に関《かか》わるつもりはないが――。

後部座席で窓の外を眺めながら、久遠はひとまず和孝と沢木が無事だったことに安堵するとともに、二度とごめんだと心底願わずにはいられなかった。

5

搭乗時刻が迫っているにもかかわらず、かかってきた電話に出るために席を外したのは無視できない相手からだからにちがいないと、空港のラウンジに置き去りにされたルカは、脳内に可能性のある人間を思い浮かべていく。

一番は、養父。

いまだジョシュアは養父には逆らえない。ジョシュアが自分を手にかけなかったことでマイルズに対して優越感を抱いたのもつかの間、想定済みだったと父親に聞かされて打ちのめされた心地になった。

そのせいか、電話で外したにもかかわらず、ふと、このままジョシュアは戻ってこないのではないかとそんな気がしている。

きっとそうにちがいない。

養父に帰ってこいと一言命じられれば、ジョシュアが「Ｙｅｓ」以外の返答をするとは思えなかった。

目の前にふたつ並んだシャンパンを睨《にら》みつける。日本に連れていったあとは、しばらく、いや、可能であれば二度とマイルズのもとへは戻さない、たとえ閉じ込めてでも――

と、笑顔で乾杯するその下で目論《もくろ》んでいた少し前の出来事が絵空事に思えてきた。

結局のところ、またひとりで空回りしている。

自虐的な気持ちになったルカだが、当のジョシュアがあっさり戻ってきた。

「…………」

半信半疑で横顔を見つめると、怪訝《けげん》な表情でこちらへ横目を流してくる。

「……電話、誰からだった？」

それでもなお信じ切れずに問うのは、昔の経緯のせいだろうか。自身の臆病《おくびょう》さには嫌気が差すが、こっぴどく袖《そで》にされた過去を思えば、疑心暗鬼になるのはしようがない。あれは裏切りだった。

「クドウからでした。どうやら、こちらの家捜しの件で彼に迷惑をかけたらしいんです。無事和解しましたが」

久遠《くどう》か。

あの男は油断ならない。ジョシュアはめずらしく買っているようだが、マイルズに似た冷酷さを感じる。

ああ、だからジョシュアは気に入ったのか。

「迷惑って、柚木《ゆぎ》さんに？　だとしたら俺、帰国したらまずいな」

ただ一点、マイルズとは大きく異なる部分がある。おそらく久遠は、部下を簡単には切り捨てない。柚木はそう信じているから、安心して久遠に身を委《ゆだ》ねられるのだろう。

やっぱりずるいな。

失望するのは勝手に期待を持つからだという柚木の言葉は、自身が裏切られるとは微塵《みじん》も疑っていない証拠だ。一度でも経験すれば、同じ台詞《せりふ》は吐けない。

「そうですね。急いで帰国する理由がなくなりましたし、どうします？」

ジョシュアの問いかけに苦笑する。

そういえば、柚木にSDカードの回収を頼んだのが帰国の理由だったことを思い出したのだ。

「予定どおり帰るよ」

もしジョシュアが拒否したとしても、無理やり同行させる手段ならある。過去の経緯を持ち出して恨み言を並べてもいいし、誰にも愛されないと弱い部分をさらしてみせてもいい。

それでも駄目なら、切り札を持ち出すしかない。本来、母親の死に関してジョシュアの罪悪感を利用するのがもっとも手っ取り早い。

相手はマイルズだ。なりふり構っている場合ではなかった。ほんのわずかでも隙《すき》を見せれば足をすくわれてしまう。

「そうですか」

立ち上がったジョシュアを見上げると、腕時計を示してきた。

「搭乗時刻になりましたよ」

拍子抜けするほど簡単、どころか率先して搭乗を促すジョシュアにかえって驚き、口ごもる。

が、望んでいた答えだ。すぐに腰を上げ、肩を並べてラウンジをあとにした。

もうあやふやなままでいるつもりはない。そのために年月をかけたと言ってもよかった。

そんなことを考えていると知ったら、ジョシュアはなんと答えるだろう。いつまでも子どもみたいだと呆《あき》れるか。くだらないと一蹴《いっしゅう》するか。自身の子どもっぽさは厭《いや》というほど承知しているが、そもそも大人になろう、なりたいと望んだことがない。

まともな大人が周囲にいたならちがっただろうか。

捻《ひね》くれていると言われればそのとおりだ。なにしろ二十八歳にもなって、いまだときどき昔の夢を見ては胸が締めつけられるのだから。

厭な夢ならいいのに、そうではないから困る。夢に現れるのは、決まって優しくほほ笑むジョシュアだ。

——ルカ。

自分を呼んでくるやわらかな声。

A12
Luggage Claim
Hotel

——まだ帰らないで。ジョシュ。

——ルカが眠るまで傍《そば》にいるよ。

——本当に？　だったらずっと起きてる。

滑らかな肌。

これは夢だとわかっていても、わかっているからこそ夢に溺《おぼ》れ、ずっと甘い気分に浸っていたかった。

目覚めれば、これ以上ないほどひどい自己嫌悪に駆られるというのに。

——ルカ。

二度と、ジョシュアが自分をあんなふうには呼ばないと知っている。

自分も同じだ。

もうあの頃と同じ気持ちにはなれない。だからせめて、ふたりで日本行きの飛行機に乗ろうとしている。それ自体どこか不思議で、現実味が薄くても。

都合のいい夢の続きだと言われたほうがまだしっくりくる。

——僕は、行けない。

そう言ったときのジョシュアの声や表情が、いかに脳の、心の深い場所に刻まれているのかをあらためて実感させられる。

——なんで？　ずっと傍にいるって言っただろ？

あのときの自分は、なんて間抜けだったのか。すぐには言葉の意味が理解できず、哀れにもそう聞き返したのを憶《おぼ》えている。

だが、しようがない。十四歳になったばかりの夜だったのだから。

「おじさんに切り出せないから？　べつに本当の父親じゃないんだから、許可もらう必要ある？　日本に行けば俺の祖母《ばあ》ちゃんがいるし、ナナコの遺産やら保険金やら入ったからお金には困らない。俺とジョシュと祖母ちゃんと三人、なに不自由なく暮らしていける」

きっと毎日愉《たの》しいに決まっている。

大人の顔色を窺《うかが》わなくてすむばかりか、ジョシュアが突然養父に呼ばれることもなくなる。養父に呼ばれたあとのジョシュアは大抵どこかぎくしゃくとして、笑顔もぎこちなくなるのだ。

「……そんなに簡単なことじゃない。お義父《とう》さんには恩があるし」

この台詞を、いったい何度聞いたか。「僕が頑張ればお義父さんが喜ぶから」「役に立ちたい」「恩を返さなきゃ」

大人たちがジョシュアのそういう純粋な気持ちに付け込んでいるようにしか見えなかっ

た。利用されているだけに。

「まだ十五歳なのに、一生そんなこと言ってるつもり？」

これにも、ジョシュアはかぶりを振った。

「まだ十五だからだ。いまルカと行けば、きっと僕は駄目になる」

一度目とはちがい、少しの迷いもない強い口調の拒絶はまっすぐ胸を射貫《いぬ》き、深く抉《えぐ》った。長いつき合いだ。ジョシュアの表情を見れば、なにを言っても無駄だというのは察せられた。

は、とルカは笑い飛ばした。

「天秤《てんびん》にかけたら、俺よりロマーノの名前のほうが大事だってことか」

こんなにも痛くて、苦しいのだから、ジョシュアも自分と同じだけ傷つけばいい。傷つけてやりたい。

でないとフェアじゃないだろ、ジョシュ。いままでの俺との出来事をなかったことになんてしてやるものか！

その一心だった。

「俺、ナナコが死んだのは事故なんて思ってないから。父さんがマイルズにやらせたんだ、きっと。それでも、ジョシュが残るって言うなら、ここで終わり。まあ、でも感謝してる。同情でも、身体《からだ》まで使って慰めてくれたんだ。ジョシュには、慣れっこだったとしても」

ジョシュアの唇が痙攣《けいれん》するのが見えた。その後、なにか言いたそうに解《ほど》けたので、息を呑《の》んでじっと見つめて待った。

けれど、結局一言も発することなく、ジョシュアは唇を固く引き結んだ。

いつも一緒にいたのだから、ジョシュアにしても自分がどう受けとるかは重々承知していただろう。それが、ジョシュアの答えだ。

「俺も、俺のものじゃないジョシュなら、もういらないかな」

最後にそう言い放ち、先にその場から立ち去った。実際、正直な気持ちだった。

離れても無事に過ごしていてほしい、少しでも幸せであってほしい、なんて思えるはずがない。遠く離れてしまったなら、存在しないのと同じ。

いっそこれまでの記憶も全部消えてしまえばいいのに。

そのときは本気でそう願っていた。


「……カ」

肩に手がのり、はっとして隣へ目をやる。

「気になることでも？」

怪訝そうな顔でそう言ってきたジョシュアに、首を横に振った。

「なにもないけど？　どうしてそう思うんだ？」

「そうですか。ぼんやりしているように見えたので」

ジョシュアは他人の反応に敏感だ。それがもともとなのか、そうならざるを得なかったのかはわからない。

「子どもの頃のことを思い出してたんだ」

ジョシュアは黙っている。

通常であれば、久々の再会となると昔話に花が咲くのだろう。だが、自分もジョシュアも故意に避けている。愉しい思い出もたくさんあったはずなのに、それがいかに危ういものかを知っているからだ。簡単に崩れてしまう。確かなものがいかに貴重か、大人になったいまは互いに熟知していた。

自分たちにとっては唯一、廃教会で過ごしたあの短い間は例外かもしれない。

子どもじみた話ばかりだったが、素直に愉しかった。

「あの森で、ルカと会ったとき」

唐突に、ジョシュアが切り出す。

同じ記憶を辿《たど》っていたことに驚き、やわらかな声に耳を傾ける。ジョシュアにしてもあれは別格なのかと、口調から気づいた。

反射的に隣へ視線をやる。声音同様にその横顔は穏やかだった。その表情を目にしたルカは、治りかけていた傷のかさぶたを無理やり剝《は》がされたかのような痛みを覚え、胸に手をやった。

「ルカのこと知ってたって言ったでしょう？　じつは、少し話したこともあったんです」

「――――」

そんなはずはない。もしジョシュアと直接会って、話をしていたなら、絶対に憶えていた。

「教会主催のフリーマーケットに顔を出したことがありましたよね？　遠くから何度か見ていただけだったルカに近づいてみたくなって、ボランティアのみんなと挨拶《あいさつ》しにいって、クッキーを渡したんです」

思い出そうと、当時のことを脳裏によみがえらせる。が、フリーマーケットに行ったこと自体、記憶から抜け落ちている。大方、父親に言われて渋々足を運んだものの、適当に挨拶だけしてすぐに引き返したのだろう。

ちょうどマルチェロに対して複雑な思いが芽生えた頃だ。

兄としてのマルチェロは嫌いではなかった。好きだったと言ってもいい。陽気な性格で、話し上手で、物に執着がなかったので他人からのプレゼントをいろいろくれた。一方で、常にマルチェロの付録扱いにうんざりしてきたのも、この頃だった。

「ルカは上の空でしたね。挨拶している相手が大人なのか子どもなのかもどうでもいい感じで、ひどく窮屈そうに見えた」

そうだ、とジョシュアの言葉でしっくりくる。

窮屈だったのだ。

日陰の身が厭だったわけではない。

日陰の身なら日陰を歩かせてほしい。日向《ひなた》を望まない代わりに、放っておいてほしい、そう思っていた。

陰口を叩《たた》く奴《やつ》ら以上に、中途半端に持ち上げようとしてくる大人たちのほうがよほど疎《うと》ましかった。

「最低だな」

自嘲《じちょう》したルカに、ジョシュアが笑みを浮かべる。

「でもないでしょう」

幼馴染《おさななじ》みというのは、こういうとき都合が悪い。理由はさておき、こちらがなにに落ち込んでいるかお見通しなうえ、痛いところを突いてくる。

「子どもだったんです」

ジョシュアの言うとおりだ。まだ子どもだった。自分本意で、ひねくれていて、自尊心ばかり肥大させていた。

大人になったいまもあまり変わっていないのかもしれない。

ナナコにそっくりか。

だって私の子どもだもん。したり顔でウィンクする母親の顔が目に浮かぶようだった。

「俺が、昔とは変わったと思わなかった？」

答えのわかりきった問いには、

「思いません」

即答が返った。

「あなたはぜんぜん変わってなくて、二十八にもなったというのに相変わらず無茶な真似《まね》をして、駄々をこねる子どもみたいです」

子どもで悪かったな、と心中で舌打ちをする。が、これには続きがあった。

「久しぶりに会って、見かけはずいぶん大人になったのに中身は変わってなくて、正直言うとなんだかほっとしました」

成長してないと言われたにもかかわらず、再会して初めて見せる昔と同じようなやわらかな笑みに、どきりとする。

この程度でと少しばかり恨めしい気持ちになりつつ、ルカは小さく咳払《せきばら》いをした。

「ジョシュも、相変わらず俺をコントロールするのがうまい」

「コントロール――そんなつもりはないんですが」

ジョシュアの横顔は穏やかだ。ついさっき見せた笑みといい、思い出話をしたことでジョシュアのなかでなんらかの変化が起こったのかもしれない。

「むしろルカのほうじゃないですか」

また、口許《くちもと》が綻《ほころ》んだ。

「よく、寝るまで傍にいてほしいとねだられました」

「そうだった」

できるだけ長く一緒にいたくて、ねだったり愚痴ったり、それこそ小さな子どもみたいに甘えたりして引き止めた。いま思えば、自分の必死さが滑稽《こっけい》なくらいだ。

ああ、そうか。

隣にいるジョシュアと過去のジョシュアを重ねているうちに、もうひとつの事実に気づいた。

それがお互いのためになると、とってつけたような大義名分からジョシュアを帰国につき合わせたが、おそらく自分は、十四歳のときのやり直しがしたいのだ。必死だった当時の自分を救ってやりたいと思っているのだろう。

これでは子どものままだと笑われるのも当然だ。なにしろ自虐する傍からなお胸の高鳴りを止められないのだから。

「ジョシュ？」

搭乗口の前でぴたりと足を止めたジョシュアを振り返る。

ジョシュアはもう笑ってはいなかった。

「私はここまでです」

真顔で、理解しがたい言葉を口にする。

「え」

なんの冗談なのか。この手の冗談を言う人間ではないと知っているのに、そう思いたかった。

「さっきコントロールするって言ったから、その意趣返し？　そういうの、いらないから」

軽口を叩く一方で、胸の奥がざわめく。この感じは、昔も経験済みだ。

――僕は、行けない。

「ついさっき謹慎が解かれました。ＳＤカードがクドウの手に渡ったので、現段階で私が日本に行くことに意味がないと」

「……意味が、ない？」

ジョシュアはなにを言っている？　なぜいまＳＤカードの話をする？

「でも、あとからきっと」

「なんだよ、それ。どういうことだ？」

ジョシュアの言葉をさえぎる。

謹慎が解かれたことと、日本に一緒に戻ることになんの関係があるのか、自分には理解できなかった。

「ルカの実家を家捜しして、なにも出てこなかったらそれでよかったんです。ＳＤカードがあるとわかって、それを回収できた場合も同じでした。仮にユギが手にしても、それはそれでどうにでもなったのですが、クドウ相手ではそうはいきません」

どうやらジョシュアは、説明を求めていると思ったらしい。ご丁寧にも一から順序だてて話していく。

そういうことが聞きたいわけじゃないのに。

「謹慎は……嘘《うそ》だったのか」

「本当です。でも、私がルカのもとに行くと、義父さんには初めから予想がついていたのでしょう」

だからわざわざ謹慎を命じたとでも言うつもりなのか。不肖の婚外子がなにかしでかさないか、ジョシュアに見張らせるためだったと。

いや、それよりも、ふたりでいる間ジョシュアがずっとマイルズと連絡をとり合っていた事実に愕然とする。

「じゃあ、初めから——」

いいや、驚くことではない。たとえ自分の息子であろうと、利用できるものはなんでも利用する、それがマイルズだ。厄介な人間が相手であるなら、なおさらだろう。

ジョシュアも同じだ。ジョシュアはマイルズの目論見に気づいていながら、知らん顔で自分の呼び出しに応じ、日本に同行すると承諾したのだ。

この場で一から順序だてて説明できた、それ自体が証拠だと言える。すべて察していたからこそ、謹慎を解くと連絡が入った途端にあっさり手のひらを返した。

「性懲りもない」

嫌悪感で口調が荒くなる。

マイルズに対してのみではない。いまは目の前にいるジョシュアに対する悪感情のほうが大きかった。

「もっともらしい屁理屈《へりくつ》を並べたところで、ジョシュは、また平然と俺を裏切るってわけだろ。手懐けるだけ手懐けて、いざとなったら切り捨てる」

脅しでも泣き落としでも使って日本に連れていくと決めていた。やっとあのときのやり直しができると浮かれてもいたが、実際はまるで思考が働かない。また裏切られた——失望と怒りでいっぱいだった。

「昔より手が込んでるよ。なにしろ搭乗口まで来て、これだ」

「……ルカ」

ジョシュアが唇に歯を立てる。

その仕種《しぐさ》がまるで自分もつらいとでも言わんばかりに見え、なにもかもが嘘くさく感じられた。冷静でいられるわけがない。どす黒い感情が胸の奥から湧《わ》き上がり、身体じゅうに広がっていく。

「そういう、ことなので」

なにが「そういうこと」だ。ジョシュアにとって自分はその程度の人間だと突きつけられた気分だった。

一言で去っていこうとするジョシュアの腕を摑《つか》む。揉《も》み合う格好になっても放さず、ふたりして搭乗口から離れた。

「飛行機に、間に合わなくなります」

ここまできてもまだ時間を気にするジョシュアが信じられなかった。

「それに、ひとが見てますから」

人目を避けようとするのも、適当にあしらおうとしている証拠だ。ルカ自身は、周囲なんてどうでもよかった。誰に見られようが、聞かれようが構わない。それほど感情的になっているし、ジョシュアに対しては憤りしかなかった。

いや、正確に言えば憤りとはちがう。むしろこれは自省に近い。あのときすべて捨てておけば、またこんなふうに裏切られることはなかったのにと、悔やむ気持ちのほうが大きかった。

「こんな思いをするくらいなら、あの日に全部終わらせておけばよかった」

「……っ」

ジョシュアの双眸《そうぼう》が揺れる。かと思うと、強い力で手を振り払い、踵《きびす》を返した。

「ジョシュ」

逃げようとしても無駄だ。簡単に逃がしてたまるかと、走りだしたジョシュアを追いかける。

大の大人ふたりの追いかけっこは、傍《はた》からはさぞ奇異に見えるだろう。反して、ルカがジョシュアの背中を追いながら思い浮かべていたのは、あまりに不似合いな光景だった。

――ルカ、こっち。

――待って。

――早く！

あれは確か何座かの流星群だとかで、テレビでもたびたびとりあげられていた。

そんなに急がなくてもと思いつつ、穴場だというどこかのビルに忍び込んで屋上まで非常階段を上がっていったものの、結局見られなかった。

――あーあ、ルカが遅れたからじゃない？

そう言って笑ったジョシュアに悪かったよと謝ったが——いくら待っても見られなかったはずだ。翌朝、一日早かったことが判明した。今夜みんなで流星群を見に行くから、おまえらも来いよ。そうマルチェロに誘われたのだ。

愉しみ、と答えたジョシュアが一日勘違いしていたとは思えなかった。それならなぜ——本人に確かめてみるまでもなく、答えは明白だった。

その日、使用人が母親の陰口を叩いているところに鉢合わせしたためだ。そこでは特になにも言わず、一日間違えたふりをして、ふたりきりでしばらく夜空を眺めて過ごす時間を作るというやり方はまさにジョシュアらしいといえた。

なにかあるたびになんとなく傍にいてくれ、おかげで腐らずにすんだ。

「…………」

思い出が多すぎるのが悪い。離れていた年月のほうがずっと長いし、最悪の別れ方をしたにもかかわらず、甘酸っぱい、いい思い出で満たされている。

だから——。

必死で追いつき、ジョシュアの腕を摑んで引き止めた。

「このままひとりで帰ったら、また同じことのくり返しになる。ジョシュがいなくても、いい思い出だけを抱えてそれなりに俺は生きていけるけど、ジョシュはちがうよな」

「…………」

そうだ。ジョシュアはそういう人間だ。なにもかもひとりで抱え込んで、愚痴ひとつこぼさない。子どもの頃から、一度たりとも不満そうな態度をとったことはなかった。

「一生、ジョシュがそうやって生きていくつもりだとしても、俺はもう厭だ。こんなことで悔やみたくないし、それなりの人生にもうんざりなんだよ」

ジョシュアは黙ったままだ。いっそうきつく唇を噛《か》んだせいで、少し血が滲《にじ》んでいる。

「どうしても日本についてこないって言うなら、俺がこの場で終わらせてやるよ。おまえが二度も裏切るのが悪いって」

伸ばした右手を、細い首にかけた。払うのなんてジョシュアには簡単なはずだが、力を入れてもいっさいの抵抗をせず、ただそこに立っているだけだ。

「なんで振り払わない？　罪の意識？」

いっさい抵抗をしないジョシュアを前に、苛立《いらだ》ちや怒りが薄れていることに気づいた。むしろ憐憫《れんびん》すらこみ上げる。ようするにいつのときも感情を揺さぶられる相手はジョシュアであって、マイルズも父親もすでに自分のなかでは軽い存在になっているのだろう。

「そうだな。当ててみようか」

多くの者が行き来する空港の片隅というシチュエーションは、かえって好都合だったと思いながら切り出す。

周囲の喧噪《けんそう》が、この場にふたりきりだと意識させてくれる。自分たちだけ隔離されているような錯覚にすら陥った。

「クルーザーの事故を事前に聞かされていたのに、俺に言えなかったから?」

ジョシュアの伏せた睫毛が震える。途端に蒼褪めたのがわかったが、ここでやめるつもりはなかった。

「それとも言えなかったのは、同乗していたフェデリコの部下が母親の新しい恋人だったから?」

　一緒に亡くなった男と母親が親密だったのは、子どもの目にも明らかだった。昨日父親が言った「二度脅してきた」という言葉で確信した。

　妊娠を盾にロマーノ家に近づいた母親が、単に息子の行く末を案じて日本の高校に通わせたいなどと談判するとは思えない。富豪ごっこに飽きた母親が、なんらかの、たとえばその部下の男からの情報を脅しに使って、自由になろうとしたというほうがしっくりくる。息子などその手段でしかなかったのだ。

「親に捨てられた子が可哀想《かわいそう》で、同情したのか」

　ジョシュアは頑《かたく》なに口を閉ざしている。糾弾されることが自分の贖罪《しょくざい》だとでも思っているかのようだ。

　なにを言えば終わらせることができるだろうかと、頭をフル回転させて過去の記憶を引き出す。

「だったら、あれかな。ナナコの葬儀のあと、俺のベッドに入ってきたのってもしかしてマイルズの指示だった？」

どうやらこれも当たりだったらしい。

手のひらの下で、ジョシュアの喉《のど》が大きく動くのが伝わってきた。その後、まるで殉教者みたいな虚《うつ》ろにも見える表情になった。

「俺をおとなしくさせるための餌《えさ》ってわけか。さすがマイルズ。なんでもお見通しってか？　それともジョシュの演技力のほうを称《たた》えるべきかもな。すっかり騙《だま》された」

はは、と笑ったはずだったのに、頰《ほお》が引《ひ》き攣《つ》り、声は掠《かす》れた。いま自分がどんな顔をしているのかもわからない。

「……さすがに、これはキツいな」

いまさら驚くことも傷つくこともないと思っていた。だが、そうではなかったらしい。ふたりで一緒に過ごした夜だけは、ジョシュアの意思だと信じて疑わなかった。少なくともあの頃は、ジョシュアに好かれていたと。

だから自分は多少なりとも価値のある人間だと思えたし、ジョシュアにも悔やんでほしくなかったのに。

「飛行機、乗り遅れた」

ジョシュアの首から手を離し、腕時計に目をやる。止《とど》めを刺すつもりが、返り討ちにあったような心境だった。それとも自傷行為か。

やり直しなんて望んだ結果がこれだ。

「まあでも、お互い様だ。最初は添い寝だったのに、先に手を出したのは俺のほうだし。それに、確かに母親が死んでショックを受けたけど、長く引《ひ》き摺《ず》るほどじゃなかった。ジョシュと最初に寝たときは、たぶんもう立ち直ってた」

これは本当だ。

もとから母子らしい交流がなかったので、母親の不在には慣れていた。

「思春期にはありがちだよな」

そこでひとつ、息をついた。

自分の知っているジョシュアと目の前のジョシュアは別の人間だと、これまでの認識を変えるために一歩下がり、距離をとる。

「行けよ。俺は、ひとりで日本に帰る」

さらに退《ひ》き、視線も外す。

早く行けばいい。マイルズのもとへ逃げ込んで、二度と姿を見せるな。

「お別れだ」

最後まで、一言の弁明もしないところがジョシュアらしいといえる。ジョシュアの優先順位は常に明確だ。

「……元気で」

やっとジョシュアが言葉を発する。最後にしてはあまりに陳腐で、いっそばからしくなるほどだった。

だが、それでいいのかもしれない。今度こそ連れて帰りたかったけれど、自分には無理だったというだけだ。初めからすべてまやかし、独りよがりな望みだったのだから。

「さよ、なら」

まるで駄目押しのごとく別れを口にしながら、ジョシュアはその場を動こうとしない。棒立ちになった状態で、戸惑いを浮かべている。

なんの嫌がらせだといいかげん焦《じ》れ、

「早く行けよ」

急《せ》かしても同じだ。

これ以上顔をつき合わせているのも限界で、こちらから去ろうと踵を返す。こうなった以上、早くひとりになりたかった。

それなのに。

「どうすれば……よかったんですか」

小さな声が訴えかけてきた。聞こえなかったふりをしようとして失敗する。

「僕がやってきたことは、すべて間違いだったと?」

考えるよりも先に、背後のジョシュアを肩越しに振り返ってしまった。

いまだ同じ場所にいるジョシュアは、さっき以上に困惑した表情になっていた。

出会ったときからどこか大人びていたジョシュアが、いまは捨て猫さながらに所在なげにただ立ち尽くしている。

顔をしかめ、知るかとまた背中を向けたルカだが、一歩も進まないうちにくそっと毒づき、髪を掻《か》き乱《みだ》した。

「どうしてだよ」

困惑しているのは俺のほうだと言ってやりたい。こっちは二度も振られたのだ。

「俺になにを望んでいるんだ」

文句を言う代わりにジョシュアの前に立ち、まっすぐ見据えた。

「ジョシュは、なにがしたいんだ」

「なにって」

なぜそんなことを聞くのかとでも言いたげに一度双眸を揺らしたジョシュアは、

「僕の望みは……初めからひとつ」

独り言同然に呟《つぶや》く。

いいかげんにしてくれ。これでは、昔の二の舞だ。期待するだけして、放り出されたあのときと。

「それはなんだって聞いてるんだ」

「ルカは、知っていると」

だからまだこの場に留《とど》まっているとでも言うつもりか。

「そういうの、もういい」

投げやりな気分で返す。

「俺はやり直したかっただけだ。それがジョシュのためでもあるんだって。きっとジョシュはひとりで抱え込んでいるだろうから、俺が一度終わらせなきゃって思い込んでた。滑稽だよな。そもそもの認識が間違ってたんだから。全部俺の勝手な妄想。俺たちは、ひとつとして同じ思い出を共有してなかったってことだ」

口早に捲《まく》し立《た》てる。もうジョシュアの言い分を聞くつもりはなかった。

こうなった以上、ジョシュアにかまけている余裕はない。明日から自分のどこに価値を見出《みいだ》せばいいのか、探すところから始めなければならないのだ。

果たして見つけられるかどうか。

容姿や作品を肯定する者らは多いが、それはプロフィールのひとつであって、根本的なものとは言いがたい。いくらでも替えの利くものだ。

なにがあっても揺るぎない信頼や絆《きずな》を得る要素にはほど遠い。

「ジョシュのため」

唐突に、ジョシュアがそこだけ反復する。

声音には失望がこもっていた。

「私も勘違いしていたみたいです。ルカが望んでいるのは、孤児で、養父に逆らえない可哀想なジョシュで、それ以外はいらないんですね」

「――――」

「ルカは、もう自分の名前も忘れてしまいましたか？」

小さな声でそうつけ加えると、自嘲を浮かべた。

同時に、いまのいままでそこに縫い留められたかのごとく微塵も動かなかった足をジョシュアはゆっくり前に踏み出す。一歩、二歩。歩き始めた後ろ姿を、ただ見ているしかなかった。

――可哀想なジョシュで、それ以外はいらないんですね。

なにを言いだすのかと思えば、わけのわからないことを。

そんなつもりはない。なぜなら、自分が望んでいるのは――。

心臓がずきりと疼《うず》く。頭のなかで、過去の記憶と再会したあとのやりとりが一気に駆け巡る。

ずっと一歩退いて、話し方すら変えなかったジョシュ。ときどき、昔みたいに「僕」になったのは、きっと彼の感情の表れだ。

「……ジョシュに、謝らないと」

大きな過ちを犯してしまったのかもしれない。自分がぶつけた言葉の数々は、これまでのジョシュアの十数年を否定するものだった。がんじがらめになって可哀想なジョシュアを解放してやるなんて、これほど傲慢《ごうまん》なことがあるだろうか。

「そうじゃないんだ」

ジョシュアをあの家から連れ出したかった。

今日からはふたり、共犯者だと思っていたのに、いつもマイルズが横から入ってきて連れていってしまうのが気に食わなかった。

あの日ジョシュアが自分の手を拒んだのも、マイルズを選んだのだと決めつけた。こっぴどく拒絶された事実ばかりに意識を奪われていた。あのときジョシュアはなんと言ったか。

――十五だからだ。

十四歳と十五歳だった。おそらくふたりで日本に帰っていたとしても早晩破綻《はたん》していただろう。自分たちはまだ子どもで、なにも持っていなかった。些細《ささい》なことで潰《つぶ》れてしまうほど未熟で、将来のこと、明日のことすら考えていなかった。

ジョシュアにはそれが見えていたのだ。

「俺は――」

けれど、いまはちがう。大人になったいまならジョシュアを取り戻せる。マイルズから奪ってみせる。なんて、そんなのは単なる言い訳だ。

下手な理由づけも理屈も、道理も本来は関係ない。

ジョシュアが傍にいてくれればいい。すべて奪いたいわけではなく、ただ寄り添っていたい。根っこにあるのは、そういうシンプルな気持ちだった。ジョシュアだけが、無力な自分に手を差し伸べ、抱き締めてくれたから。

「引き止めないと」

小さくなるジョシュアの背中を見つめ、足を踏み出す。どれほどの雑踏のなかであろうと、彼の姿を見失うことはない。

数歩目からは、駆けだしていた。

「ジョシュ！」

背後から腕を摑み、自分へ引き寄せた。

「行かないで。マイルズを、ロマーノの家を捨てなくてもいいんだ。電話して、たくさん話をして、俺と会ってほしい。俺の望みはそれだけだ」

過去なんてどうでもいいから、手を振り払わないでほしい。俺を拒絶しないでくれ。祈るような心境で告白する。だが、

「手を放して」

期待に反する返答に、打ちのめされた。

「ジョシュ、俺は」

「手を放してくれないと、抱き締められないでしょう」

「……あ」

即座に手を離す。

振り向いたジョシュアの頬に光った涙にはっとしたのも一瞬、強く抱き締められ、胸が熱く震えるのを実感した。

息苦しいのに、嬉《うれ》しい。こんな感覚は初めてだ。

「僕の望み、もう一度聞く？」

「聞きたい」

鼓動の速さも、初めて味わう。きっとジョシュアには、布越しであっても知られてしまっているだろうと思うと、照れくささもあった。

「初めて会ったときに僕は決めたんだ。ルカがこの先どんな道を選んで歩こうと、『ルカ・イガラシ・ロマーノ』のために生きようって」

「――ジョシュ」

「これからも同じ。約束したよね。僕はルカのものだ」

「――」

どうして忘れていたのか。一緒に夜を過ごすようになってしばらくたった日に、「ジョシュは俺のものなのに」とマイルズに対しての不満を漏らしたことがあった。

ジョシュアは、ばかだなと笑った。

――僕を自分のものだって言うなら、ルカはしっかりした大人にならないとだね。周りの大人たちがなにを言ってこようと、なにをしようと大丈夫なくらい強い大人に。

――強い大人？

――そう。なれる？　ロマーノの名前は大きいよ。

――なれるに決まってる。俺、誰が邪魔してこようと、大丈夫なくらい強い大人になるから。

――だったら僕は、いつまでも待ってる。ルカ・イガラシ・ロマーノ。

「俺って……まだまだだ」

強い大人にはほど遠い。いまの自分は、病床の父親の一言で苛立ち、凹《へこ》み、簡単に吹き飛ばされてしまう反抗期の子どもも同然だ。

マイルズに嫉妬《しっと》するあまり、大事なことすら二の次にしていた。

がんじがらめになっていたのは、自分のほうだ。

「大丈夫。まだ先は長いから」

ジョシュアの言葉に、抱きつく腕に力を入れた。

「ジョシュはずっと見ててくれる？」

好むと好まざるとにかかわらず、今後もロマーノの名前は自分につき纏《まと》う。五十嵐《いがらし》ナナコの息子である事実も変えられない。

だとすれば、自分のやるべきことは決まっている。この先になにが待っていようと揺るがず、自分の道を自分で選択できる人間になりたい、心からそう思った。

ただし、ジョシュアがいてくれるなら、だ。

「できれば、老人になる前でお願いしたいけど」

「任せて」

「ところで」

ジョシュアの意識が外へ向く。

「注目を浴びてませんか？」

見たい奴には見させておけばいい。他人なんか気にする必要ない。と、いままでの自分であれば突っぱねたかもしれない。が、居心地が悪そうにするジョシュアに、名残惜《なごりお》しさを堪えて腕を緩め、解放した。

「これからどうする？」

この問いには悩むまでもなかった。

「もう少し、ここにいることにする。久しぶりだから、親父《おやじ》やマルチェロ、マイルズともちゃんと顔をつき合わせて話しておきたいし」

厭な気持ちになったとしても、避けては通れない。それに、マイルズには宣戦布告もしておきたかった。たとえガキくさいと嗤《わら》われようとも、この点に関して大人になろうとは思わなかった。

「あと、ジョシュとももっと親交を深めないと」

一番大事なことだ。もう二度と間違えないよう、あらためてルカはジョシュアの手をとり、耳元に唇を寄せ、心を込めて囁《ささや》く。

「I've fallen in love with you many times...」

やり直しではない。ルカ・五十嵐・ロマーノとして、ここから新たな自分と向き合うのだ。

今日からふたりで。

6

額に触れてきた手のひらの感触に、人心地つく。

「どうだ？　少しは楽になったか？」

いつもよりひやりとした感じがするのは発熱のせいだとわかっているが、気分はそう悪くはなかった。

「……ん。薬が、効いてきたみたい」

二晩、冴島《さえじま》に世話になったあと、広尾《ひろお》のマンションへ移った。毎日連絡することを条件に意外にもすんなり冴島の許可が出たのは、おそらく事前に久遠《くどう》が話をしてくれたからだろう。

骨に損傷がなかったのが不幸中の幸いだった。

年寄りの顔を見ているより、治りは早かろう。

そう言われたときには気恥ずかしくなったものの、実際、冴島とは別の安心感があった。弱っているときは特に、同じベッドに入ってぬくもりを与えてくれるひとがいるのは鎮痛剤より効き目がある。

「ついこの前水道工事で休んだのに、またって」

弱っている原因は、主にこれだ。Paper Moon《ペーパームーン》はしばらくの間臨時休業せざるを得なくなった。

どうやらその日のうちに久遠が宮原《みやはら》に連絡を入れてくれたらしく、うまく対処してくれ、みなからはさっそくメールや見舞いの品がどっさり送られてきたこともあって、ありがたいだけに心理的ダメージが大きかった。

「津守《つもり》くんと村方《むらかた》くんに心配をかけたし、せっかく足を運んでくれたお客さんにも申し訳ない。再開できるまでにどれくらいかかるんだろ」

時間だけはたっぷりあるのであれこれ考えて、ため息ばかりついてしまう。月の雫《しずく》に影響がないのが唯一の救いだ。

「いつもの悪態はどうした」

久遠が、意外だとでも言いたげに目をぐるりと回した。

「そんな気分じゃない。ていうか、俺、そんなに悪態ついてる?」

髪を撫《な》でてくる手の心地よさに、自然に身体《からだ》を寄せ、肩にこめかみをくっつける。脚を絡めたいのに、できないのがもどかしかった。

「そうだな」

「ほんとに?　うわー、うざ」

こちらはすっきりできても、聞くほうはうんざりするだろう。それを承知で久遠相手にしょっちゅう悪態をついているのは、おそらくうっぷん晴らしという以上に知ってほしいからだ。

「今回はまだなにも聞いていない。腹が立ったとか、痛かったとか、つらかったとか」

「……終わったことだし」

いまさらだからというより、思い出したくないというのが本音だ。初めて銃で撃たれた衝撃、拘束され、無防備に殴られる沢木《さわき》を見ているしかなかったこと、相手が本気で殺すつもりだったことも。

「声を出さないよう我慢していたんだよな」

「………」

「もう我慢しなくていい」

優しい手とやわらかな口調に、虚勢を張り続けるのは難しい。脳の襞《ひだ》にこびりついたままの出来事を思い浮かべ、ひとつ息をついた和孝《かずたか》は、

「ムカつく」

顔をしかめて吐き捨てた。

「あいつ、いきなり撃ってきた。しかも、抵抗できない人間を袋叩《ふくろだた》きにするし、平気で怪我《けが》してる脚を踏みやがった」

一度口火を切ると止まらなくなる。腹を立てれば立てるほどに恐怖心は薄れ、次に顔を

見たときは殴ってやりたいと、自然にこぶしを握っていた。

「俺だって、許さない」

あのとき沢木は、許せねえと吼《ほ》えた。当然だ。数日たったいまでも怒りが再燃し、興奮して呼吸が乱れるくらいなのだ。

久遠は黙っている。

髪を梳《す》くだけでこれまで同様相槌《あいづち》すらないが、それがありがたかった。

「……あと」

やっぱり怖かったと続ける。たぶん久遠は、この一言のために悪態をつくよう促したのだと、口に出してみてそれに気づく。現に明確な恐怖がよみがえったが、久遠がすぐ傍《そば》にいてくれるおかげで薄れていくのを感じていた。

きっと悪夢を見なくてすむだろう。いくらもしないうちに、厭《いや》な経験のひとつとして過去になっていくのだ。

木島《きじま》組の手に落ちた彼らがどうなったのかについては、今後も問うつもりはない。顛末《てんまつ》がどうであろうと、そこに自分が関与すべきではないという考えからで、ずいぶん前に和孝自身が決めたルールのひとつだ。

「でも、久遠さんが助けてくれるって信じてたんだよな」

頭を動かし、間近で久遠を見た。顎《あご》のラインが好きだと思いつつ、ふ、と頬《ほお》を緩める。

「単純だな、俺。吐き出したおかげで大丈夫そう」

「それならよかった」

久遠の気遣いが嬉《うれ》しくて、さらに密着する。嗅《か》ぎ慣れたマルボロの匂《にお》いに、いまはボディローションの少し甘さを含んだ香りが混じっている。どんなときでも効果抜群だ。

「すごくしたくなった」

「ああ」

「ちょっとくらいなら大丈夫かも」

「あと一週間は無理だろうな」

「うわ、一週間もか」

ムードの欠片《かけら》もない。くすくすと笑いながら、そのうち久遠と傷痕《きずあと》を見せ合うのもいいかもしれない、などと思えるくらいには気持ちが浮上していた。

「少し寝たほうがいい」

これには、逆らわずに頷《うなず》く。

「久遠さん、明日は?」

休んでつき添ってくれたぶん早く出なければならないのでは、という意味で問う。

「一度顔を出す予定だが、特に時間は決めてない」

「それって」

「休みだ」

ようするに、明日も一緒にいられるのか。

「へえ、そっか」

やったと嬉しくなると同時に、以前のことが思い出された。

白朗《バイラン》と田丸《たまる》の手に落ち、そうと気づかないうちにドラッグを盛られ、後遺症に苦しむはめになったときも、久遠はずっと傍に寄り添ってくれた。

あのときの自分がいかにひどかったか、なんとなくでも憶《おぼ》えている。嘔吐《おうと》や発熱等の身体的なものはもとより、精神的に苦しめられた。そのせいで久遠に当たり散らし、喚《わめ》き、ネガティブな姿をさらした。あの数日間の自分は最悪だった。

よく厭にならずにつき合ってくれたと、久遠の気の長さにはいっそ感心するほどだ。久遠が忘れていたとしても、あれが大事な思い出であるのは間違いない。

「久遠さんって、面倒見がいいよな」

「相手によるんじゃないか」

この返答にはいっそういい気分になる。久遠にとって自分が特別で、今後はもっと互いに欠かせない存在になっていくのだろうと素直に思えた。

「話は明日にして、もう寝ろ」

「わかった」

目を閉じてからも、なかなか寝つけなかった。それでも、いい夢を見られるという確信はあって、ありがとうと心中で呟《つぶや》く。

事態の深刻さから考えると嘘《うそ》みたいに、わずかな不安も感じず、和孝は与えられるぬくもりに身を委《ゆだ》ねた。


お昼は宮原が送ってくれたお取り寄せのリゾットにしよう。ゴルゴンゾーラチーズをたっぷりかけて、昨夜残った帆立をじゃがいもと一緒にチャウダーにして、あとはサラダがあれば十分だろう。

日々回復していくのを実感しながら、長い休みを無駄にしないためにレシピノートを開いて新しいメニューについて考えていた和孝は、ベッドに立てかけておいた松葉杖を使って腰を上げる。すでにほとんど痛みはなくなっていたが、念のためあと二、三日ほど松葉杖に頼るつもりだった。

寝室を出たその足で久遠の姿を探し、リビングダイニングのドアを開ける。

「久遠さん。お昼なんだけど」

だが、久遠はひとりではなかった。

「お邪魔してます」

「あ」

反射的にシャツの前に手をやる。ふたりきりだと思っていたため、ハーフパンツの上に着たシャツの釦《ボタン》をほとんど外したままだったのだ。

「すみません。いらっしゃるとは思わなかったので」

常に隙《すき》のない上総《かずさ》からすれば、さぞだらしなく見えるはずだ。慌てて釦を留めて挨拶《あいさつ》をする。

「こちらこそすみません。急ぎで見てもらうものがあったので」

ソファに座った久遠は一度書類から目を上げただけで、またすぐに戻す。

「といってもメールで送ればすんだのですが、ちょうど真柴《ましば》からあれを預かったので持参しました」

「……真柴さん、からですか」

壁際に置かれた立派な胡蝶蘭《こちょうらん》のプリザーブドフラワーに目をやる。低く見積もっても数万はしそうなそれに目を見開いた和孝に、上総は眼鏡の奥の目を細めた。

「いささかはしゃぎすぎだとは思うのですが、せっかくなのでもらってやってください」

「あ、じゃあ、お礼を伝えてください」

馴染《なじ》みのない組員から見舞いの品をもらうとは思いもよらなかったものの、辞退する理由もないのでありがたく受けとる。ホストみたいなひとかと風貌《ふうぼう》を思い出しながら、同じ組員でもいろいろなタイプがいるんだなと、当たり前のことがなんだか感慨深かった。

「それと、上総さん、先日はありがとうございました」

一昨日、上総から果物の詰め合わせが送られてきた。宮原は全国のお取り寄せの品々、津守はスイーツ、村方は栄養ドリンクセットと、次々に久遠宅に届く品々のおかげで、家の中にこもっていてもいろいろな味を愉《たの》しめている。

実家には、あえて連絡を入れなかった。

わざわざ心配かける必要はないし、なにより怪我のことをどう説明すればいいのかわからなかったのだ。

「いえ。それより、怪我の具合はいかがですか」

キッチンに立った和孝は、コーヒーを淹《い》れつつ上総の問いに答える。

「今日も午後から冴島先生が往診に来てくれる予定なんですが、順調みたいです。仕事を始めるのは、まだちょっとかかりそうですけど」

脚を引き摺《ひず》りながらできる仕事ではない。一日も早くと焦りはあるが、中途半端に再開してもみなに迷惑をかけるだけだと、ぐっと我慢している。

「力仕事ですしね」

「はい」

いまは冴島に従い、自身の回復力を信じるのみだった。

「私はこれで失礼します」

「コーヒーくらい飲んでいってください」

キッチンからそう声をかけた和孝に、

「ありがとうございます。次の機会に」

目礼した上総はすぐに帰っていった。

ふたり分のコーヒーを用意し、邪魔にならないよう向かいに腰かけた和孝の前で、ちょうど目を通し終わったのか資料を置いた久遠が、携帯を手にして電話をかけ始めた。

席を外すべきかと迷ったものの、その必要はなさそうだったので、コーヒーに口をつける。

久遠の電話の相手は鈴屋《すずや》のようだった。

ドラッグの売人に関する話で、上総の資料もその件だったのだろう。短い電話を終えると、ようやく正面から目が合った。

「胡蝶蘭、びっくりした」

壁際の白い胡蝶蘭を一瞥《いちべつ》した久遠が、ああ、と顎を引く。

「真柴なりの気配りだと思って、受けとればいい」

「まあ、うん。気配りにしては豪華すぎて、恐縮してしまうけど」

「察したんじゃないか」

「なにを？」

ぴんとこなかったのでそう問うたあとで、

――いささかはしゃぎすぎだとは思うのですが。

先刻は聞き流した上総の言葉に、いまさら引っかかった。あれは、まさかそういう意味だったのか。

「え、でも、沢木くんが親戚《しんせき》って」

「大半はそう思っているだろうが」

大半は、ということはそう思ってない者がいるということだ。真柴もそのひとりというわけか。

「大丈夫かな」

組には姐《あね》が必要だと聞かされたし、実際そのとおりだ。和孝自身、久遠が姐を迎えても割り切ろう、割り切るべきだと考えていたときもあった。結局、自分はそれほど物わかりがいい人間ではないと思い知るはめになった。

「いや、いまのナシ」

意味のない質問だった。大丈夫じゃないと言われても、これればかりはどうしようもない。

初めから割り切るなんて無理だった。久遠相手にそこまで冷静になれないし、自分以外の誰かと親密になるなんて、想像しただけで脳みそが沸騰しそうだ。

「あきらめてもらうしかない」

開き直りだというならそのとおりだろう。よもや自分がここまで嫉妬深《しっとぶか》い性格だとは、この歳《とし》になるまで気づかなかったが。

「ああ、よくわかってる」

久遠の返答に満足して、ゆっくりとコーヒーを愉しむ。その後ふたりで昼食をとると、十三時過ぎに冴島がやってきた。

「わざわざありがとうございます」

玄関で迎えた和孝に、冴島は軽く右手を上げて応《こた》えると、久遠と挨拶を交わしたあとさっそく診察にとりかかる。お茶でもと往診の初日に勧めた際に断られたので、和孝もよけいなことはせず脚を差し出した。

患部の洗浄をし、乾燥を防ぐための処置を施し、フィルムを貼《は》ってから包帯を巻き直す。さすがの手際に見惚《みと》れているうちにもすべて終えると、早々に冴島は帰り支度を始めた。

もう少しいてくれても、と思わないではないが、冴島を待っている患者は他にいくらでもいる。

「ありがとうございました」

礼を言って玄関まで見送りに出た和孝は、肝心のことを聞いた。

「それで、風呂《ふろ》に入っていいですか」

色よい返事を期待して問うと、冴島が頷いた。

「まあ、長風呂しなければ」

思わず、やったとガッツポーズをする。ほとんど不自由のない生活のなかの最たる不自由がこれだったため、心からほっとした。

「だからといって調子にのらんことだ。さっき久遠くんにも言ったが、お愉しみはほどほどにな。悪化させるなど笑い話にもならんぞ」

「お愉しみ？」

そこだけ鸚鵡返《おうむがえ》ししてすぐ、冴島が言わんとしていることに気づく。

「え……べつに、そういう意味じゃ」

かっと頬が熱くなったばかりか、しどろもどろの言い訳をしてしまい、さらなる恥ずかしさを味わうはめになった。

「なんだ。存外純情なところもあるじゃないか」

揶揄《やゆ》されたとわかっても、頬の熱はおさまらない。冴島が帰っていき、玄関でひとりになった和孝は、

「お愉しみか」

その言葉をまた口にした。

入浴の許可をもらいたかったのであって、そんなつもりはまったくなかった。とは言えない。久遠の自宅に来て、今日でちょうど一週間。もう少しの我慢、風呂に入れるようになるまで回復したらと、下心があったのは本当だった。

「とりあえずそっちの許可も下りたってことで」

夕飯の前に風呂をすませるか。そろそろ本格的にキッチンに立ち、一から作ってみるのもいいだろう。

なにが食べたいか聞こうと、リビングダイニングに戻ってみると久遠はまた誰かと電話中で、邪魔しないよう気をつけつつ食材の確認のためにキッチンへ向かった、が。

「――――」

久遠の声にそれとなく耳を傾けているうちに、自然に目で姿を追ってしまっていた。外の景色でも見ているのか、窓の近くで立っている後ろ姿。シャツの背中。腰のライン。捲《まく》った袖口《そでぐち》から覗《のぞ》いている腕。携帯を持つ手。

久遠が半身を返した。横顔が目に入る。端整な横顔だ。眦《まなじり》のやや上がった目、高い鼻梁《びりょう》、上下同じ厚みの唇。

これほど完璧《かんぺき》な男は他にいない。

食材のチェックをすっかり忘れ、見惚れていたことに声をかけられて気づいた。

「穴が開きそうだ」

そう言った久遠に、ひと呼吸してから口を開いた。

「……お風呂に入らない？」

夕食はなにがいいかと聞くつもりだったのに、まったく別の言葉を発してしまう。なに言ってるんだと慌てるが、これが本心だ。

お預けをされていたのだからしようがない。

「冴島先生に、ほどほどにするよう言われただろう？」

「言われた。ほどほどならいいって」

久遠が片笑んだ。いつ見ても好きな笑い方だ。

「それなら、気をつけないと。お互いに」

「わかってる」

自信はないながらも頷くと、先に立ってバスルームへ向かう。久遠が後ろについてきていることを横目で確認しつつドアを開けた和孝は、すぐにシャツの釦を外し、前を開いてから振り返った。

久遠のシャツを脱がせ始めると同時に、口づけをねだる。触れるだけのキスから徐々に熱を込めていくと、上半身をあらわにする頃には眩暈《めまい》を覚えるほど昂揚《こうよう》していた。

力強い肩や首筋に唇を押し当てる。

がっついているという自覚はあるが、だからといって自制するのは難しい。自制なんてしたくもなかった。

久遠の手が腰に回るや否や、身体の向きを変えられた。キスしたかったのに、と覚えず鼻を鳴らした和孝だったが、すぐにそれどころではなくなった。

ハーフパンツと下着を下ろされ、下半身があらわになる。かと思うと、久遠はすぐにそこへ触れてきたのだ。

「……あ」

申し訳程度に性器を宥《なだ》める傍ら、狭間《はざま》を指で辿《たど》られる。その後ひやりとした感触に身を縮めたが、棚にあったローションのせいだとわかっていた。

「冷たかったか？」

これには、首を横に振る。

「だいじょ、ぶ」

普段なら手のひらであたためるという段階を踏む久遠が、そうするだけの余裕がないのだと思うと、たまらなく興奮した。

「ふ……ぅんっ」

入り口を撫でたあと、長い指が内側へもぐり込んでくる。本人より和孝の身体を熟知している指に性感帯を暴かれるとひとたまりもなく、身をくねらせて喘《あえ》いだ。性急な行為が、今日はなによりのスパイスになる。

「早、く……」

背後へ視線を投げかけ、先の行為を促す。久遠の喉《のど》が小さく鳴ったのがわかり、なおさら気が急《せ》いた。

久遠はコンドームを使った上からさらにローションで自身を濡《ぬ》らし、入り口に押し当ててくる。その頃にはもう冷静さを失っていたので、ぐっと先端が押し入ってきただけで、淫《みだ》らな声がこぼれ出た。

痛みも苦しさも初めから快感でしかない。揺すり上げられ、その都度深い場所に挿《はい》ってくる久遠を締めつけながら、思うさま喘ぐ。

怪我への配慮だろう緩慢な動きに、結果、否応《いやおう》なく乱れるはめになった。

勝手に腰が揺らめき、途中で久遠に止められるような有り様だった。

「や……も、と」

首を横に振る。

「俺も我慢しているから、おとなしくしててくれ」

耳元で熱く囁《ささや》かれては、逆効果だ。

「うあ」

代わりとばかりにローションにまみれた手で身体じゅうを撫で回される。

首筋、胸、腹。

性器を避けるのは長引かせるためだとしても、気がおかしくなりそうで、途中からはすすり泣きになってしまう。

「あぁ……う、ぅあ」

久遠が動くたびに脳天まで甘く痺《しび》れ、腰が震えた。どろりとあふれる感覚で、自分が達していることに気づくが、だからといってなにができるわけでもない。

いつ終わるか知れない絶頂に正気を失い、恍惚《こうこつ》となる。それでも、久遠の終わりは明確に伝わってきた。

自分の名前を呼んでくる普段より少し上擦った声と、上がった息。

熱く、力強い脈動で。

「すご……」

うなじに軽く歯を立てられ、和孝は久遠に背中を預けた。

「なんだか、これはこれで」

その証拠に、股《また》の間も内腿《うちもも》もびしょ濡れだ。制約があったぶん、普段とは別の快感を呼び覚まされたような心地だった。

「確かに」

同意した久遠は、そろそろ脚が限界だと察したらしい。よろけた和孝から身を退《ひ》くとすぐに、

「風呂はあきらめろ」

まさかの一言を口にした。

「え、でも」

「俺が後始末をして、ベッドまで運んでやると言ったら？」

「……まあ、それなら」

であれば、断るという選択はない。

「お願いします」

答えたあとは、すべて久遠に任せていればよかった。

ベッドに横になった途端、今度は盛大に腹の虫が鳴る。性欲のあとは食欲かと自身に呆《あき》れたが、これこそが人間の本能だ。

「なにが食べたい？」

本来、自分が久遠にするはずだった質問に、冷凍庫の中にある出来合いの惣菜《そうざい》を思い浮かべつつ、献立等は気にせず欲求のままに並べていった。

「ムール貝のパエリャと、中華くらげの和《あ》え物、あとビーフシチュー」

まもなくリクエストどおりの料理がベッドに届く。しかも、一杯だけとはいえ白ワイン

つきだ。

全裸のまま、上半身裸の久遠とベッドで好き放題食事をするなどこれほどの贅沢《ぜいたく》があるだろうか。

「乾杯」

グラスを軽く合わせ、一口飲む。冷たく、ライトなワインは口当たりがよく、いつも以上においしく感じられた。

「愉しそうだな」

「愉しいに決まってる」

いろいろあったものの、結果オーライだ。普通ならやらないことをやって、新たな喜びを得る日常が愉しくないわけがない。

そういう日常の積み重ねこそが幸せなのだから。

「なによりだ」

久遠が片笑む。

その笑い方に胸を熱くした和孝にしても、自然にほほ笑んでいた。

たとえばこの先、年齢を重ねていまみたいな情熱がなくなったとしてもきっと自分たちはうまくやっていける。あたたかく、やわらかな感情で寄り添い、ともに進んでいけるのなら、とりあえず俺の人生は上々だと胸を張って言えるだろう。

これは確信だ。

そんなことを考えながら、まずはいまこのときを愉しむことからだと、ふたりだけの時間を和孝は心ゆくまで満喫したのだった。

Spicy Kiss

一度深呼吸したあと、ノックをする。耳をすましてみてもドアの向こうから反応はなく、室内は静まり返っていた。

個人で借りているアパートメントの部屋に半ば無理やりルカが居座って、一週間。ルカに関して、いくつかのことがわかった。

昔から寝坊が多かったが、大人になったいまはそれが悪化していること。起こさなければ昼過ぎまで寝ているのもざらで、生活改善を提案してもどこ吹く風だ。

食事にしても平然と嫌いなものを残すし、出かける予定があると言いつつ、寸前でやめる。ようは、子どもの頃とほとんど変わっていないのだ。

フェデリコやマルチェロに対して最大限の気遣いをしていただろう当時は、ルカなりのせめてもの発散だと受け止めていたが、こうなれば、単にものぐさな性分だと言わざるを得ない。気分屋な半面、変なところでこだわりが強く、気に入ったものには異様なまでの執着を見せる。

一方で、いや、だからこそか、興味の対象が移るのも早く、昨日まであんなにも夢中だったのにと、呆《あき》れたことは一度や二度ではなかった。

「ルカ」

どうせまだ寝ているのだろう。ため息を押し殺し、声をかけてからドアを開ける。

予想に反してルカはすでに起きていて、こちらに背を向けて床の上であぐらをかいていた。

「起きていたんですか」

返事はない。どうやら手元に集中しているようだ。覗《のぞ》き込んでみると、ルカはナイトウエアが汚れるのも構わず、床の上で粘土を扱っていた。

「な――」

なにをやっているのかと問おうとして、やめる。寝室の床でなくても、とは思うものの、創作中のルカの邪魔をする気はなかった。

そっと離れ、部屋を出てドアを閉めようとしたそのとき、

「行かないで」

意外にもルカのほうから中へと誘ってくる。ふたたび室内へ足を踏み入れたところ、背中を向けたままのルカが傍《そば》に来るよう手招きをしてきた。

「昨日届いた荷物は、これだったんですね」

歩み寄り、ルカの真後ろに立つ。

「仕事で？」

であればひとりのほうがいいだろう。確か、柚木《ゆぎ》の店に置く作品を依頼されていると聞いた。

「ちがう」

「え、ちがうんですか」

心棒に粘土をつけていく作業をすぐ後ろから眺めていたジョシュアは、大丈夫なのかという意味で問う。依頼を受けているなら、そちらを優先すべきではないのか。

「うん。ちがう」

「ユギの仕事は?」

「あれは、まだ早い」

どういう意図で早いと言うのか疑問は残るが、口出しする気はない。ルカにはルカのやり方があるし、なにより腰を折るような真似《まね》はしたくなかったので、黙ったまま作業を観察した。

大きさはひとの頭くらいだ。大胆にべたべたと粘土を重ね、薄く削《そ》ぎ、また重ねていく過程で、さっきまでただの塊《かたまり》でしかなかった粘土が早くも形になってきた。ひと、もしくは動物の頭部のようだが、なんであるかは明確ではない。

「これは?」

我慢できずに質問すると、意外な返答に面食らうはめになった。

「俺」

「……俺？」

自刻像ということなのか。

「そう、俺。ジョシュの寝室に飾ろうと思って」

この一言でさらに戸惑う。寝室にルカの彫像を飾るなど、厭《いや》に決まっている。

「普通に、迷惑です」

自分としてはきっぱりと辞退したつもりだった。

「安心して」

けれど、ルカには通じず、手を止めることなく着々と作業を進めていく。もう一度断ろうと口を開いたジョシュアだったが、

「それ、人間の顔ですか？」

到底そうは見えず、思わず身を乗り出して凝視していた。

「人間の顔。俺だからね」

本人が言うならルカ自身なのだろう。たとえそうは見えなくても。

「で？　ジョシュはなんでエプロンしてる？」

ルカの問いかけに、ドアを叩《たた》いた本来の理由を思い出す。

「昼食ができたので、起こしに来ました」

うっかりしていた。サラダはいいとして、出来合いのソースに魚介を絡めただけのパスタは、冷めてしまうととても食べられない。

「もう起きてる」

「そうですね」

作業はまだ当分かかりそうだ。

「作り直したほうがよさそうです」

そう言ってルカのもとを離れようとしたのに、いいよ、と返ってくる。

「トマトソース、好きだし。ここに運んできて。ふたりで食べよう」

くんと鼻を鳴らしたルカに、思案したのは短い間だった。確かに多少冷めたところで自分は気にしないし、ルカがいいのであれば、食材を無駄にせずにすむ。

寝室を出て、パスタとサラダ、炭酸水をトレイにのせ、引き返す。作業を続けていたルカは振り返ると、受けとったトレイを床に置き、フォークを手にとった。

「ジョシュも座れば」

さっそく食べ始めたルカに床を示され、倣《なら》って腰を下ろす。ぬるいパスタはお世辞にもうまいとは言えない代物のはずだが、気にせず頬張《ほおば》るルカの姿を見ていると、どうでもよくなった。なにしろルカの爪の間には粘土が入り込んだ状態なのだ。

まさか大人になって床でものを食べるとは――内心で苦笑しつつパスタを口に運ぶ。しばらくは黙っていたが、間もたせの意味合いもあってこちらから話しかけた。

「ルカは、料理するんですか？」

粘土を扱う手つきは大胆でありながら、繊細さも感じさせた。もともと器用な性質《たち》でもあるので、料理もなんなくこなすだろう。そう思っての質問だった。

「俺が作るのは、カレーライスだけって決めてる」

「どういうことですか？」

カレーライスは、ずいぶん昔、子どもの頃に一度だけルカの家で御馳走になった。おいしかったかどうかより、ナナコが日本で一番ポピュラーな料理だと言っていたことを憶《おぼ》えている。

「ほとんどデリバリーだけど、カレーライスなら三日連続食べられる。なにより、市販のルー二種類をブレンドした俺のカレーがこの世で一番うまい」

よほどカレーライスが好きだというのは伝わってきた。同時に、自然に頬が緩んだのを自覚する。

子どもの頃から興味のあるなしがはっきりしていたルカの、そういう部分はいまも同じらしいとわかって、ほっとしたのかもしれない。結局のところ、口でなんと言おうと自分のよく知る面を探してしまっているのは事実だ。

ルカの駄目な面もいい面も自分が一番傍で見てきて、理解していると信じていたあの頃。だからこそ不安でもあった。

「そうだな。今夜は、俺がカレーを作ろうか」

唐突に、グッドアイディアとばかりにそんなことを言い始めたルカに面食らい、フォークを止める。

「それはぜひ、と言いたいところですけど、たぶんルカが望んでいる市販のルーは手に入らないと思います」

日本の食材を扱っているスーパーマーケットもあるとはいえ、ルカがこだわっている市販のルーがうまく手に入るかどうか。

「どうせ暇だから、行くだけ行ってみよう。カレーライスにはらっきょうのピクルスも欠かせないからな」

ピクルスひとつにも決まったメーカーがあるのなら、なおさら難しい。とはいえ、時間はあるのでルカの言うように行くだけなら行ってみてもいいだろう。

「わかりました。じゃあ、食事の片づけが終わったら、出かけましょう」

ついでにソイソースとマヨネーズを買おう。一昨日、目玉焼きを作った際にソイソースはないかと聞いてきたし、マヨネーズを常備していないとわかると心底驚いていた。

――マヨネーズ、切らしてるんだ?

――というか、普段から使わないので。

——は？　そんな奴《やつ》いる？

目を丸くしたルカを思い浮かべると可笑《おか》しくて、吹き出しそうになるのをなんとか耐える。結局、塩とコショウで食べていたが、あからさまに不満そうだった。

「早く行こう。食器の片づけなら、帰ってから俺がやるから」

この部屋に来てからの一週間、どこかつまらなそうで、ときに心ここにあらずに見えたルカの愉《たの》しそうな姿を見て、知らん顔をするのは難しい。

「わかりました。すぐに出かけましょう」

もしかしたらフェデリコや養父の近くにいるから、ルカなりに緊張しているのだろうか。二度目の見舞いをと願い出ている現在、先方からまだ連絡はなく、待っている状況だ。マルチェロと何度か電話で話をしているらしいのでそれほど心配はしていなかったが、久しぶりに目にする子どもみたいなルカの様子に胸を撫《な》で下ろしたのは本当だった。

慌ただしく昼食をすませ、ふたりでスーパーマーケットに向かう。外の景色を眺めながら鼻歌を歌っている助手席のルカを横目に、そういえば初めての外出だと気づいた途端、こちらまで胸が躍り、平静を装うのに苦労した。

日本の食材を扱っている店までは車でゆうに三十分以上かかり、天気がいいこともあって、ちょっとしたドライブになったことも無関係ではない。

「なんだか不思議な感じがするな」

鼻歌をやめたルカが、唐突にそう言った。

「なにがですか？」

「こうやって、ふたりで出かけていることが。デートみたいだ」

気持ちが緩んでいたようだ。不意打ちだったせいではぐらかす余裕もなく口ごもり、よけいな間を作ってしまった。

デートみたいだなんて、少しも思わなかった。

反してルカはいっこうに気にせず、また顔を外へ向けると、よくわからない日本語の歌を歌い始める。歌詞の意味はあまり理解できなかったものの、心地よいメロディに耳を傾けつつのドライブはあっという間に終わり、スーパーマーケットの駐車場で車を降りたあとは、次々に商品をカートに放り込んでいくルカの後ろをついて歩くだけに徹した。

「目的のものはありましたか？」

これだけ大量に買い込めばと思って問うと、いや、とルカは首を横に振った。

「俺の愛用しているルーが見つからなかったから、カレーライスは残念だけど作れない」

「え」

それならこの品々は？

「安心して。ちゃんと代わりの料理を用意するから」

思いがけずにこやかな笑顔を向けられ、躊躇《ためら》いつつも頷《うなず》く。なんにしても、ルカの意欲が損なわれずにすんだのであれば、夕食はカレーでなくてもなんでもいい。

「………」

一週間、か。とジョシュアは胸中で呟《つぶや》く。

ルカが帰国せずに残ると決めてくれたとき、純粋に嬉《うれ》しかった。親子、兄弟が和解すれば、仮に今後ルカの存在を疎《うと》ましく思う者が現れたとしても、容易には手出しできないはずだ、そんな目論見《もくろみ》もあった。

なにより、フェデリコに父親らしい愛情を示してほしかった。これまで息子よりもロマーノの家を優先してきたからこそ、世間に庶子の存在が漏洩したいま、ルカのことを第一に考えてほしい。配下としての分を超えた望みであるのは重々承知していても、そう願わずにはいられなかった。

それが本心からであるのは間違いないはずなのに、心のどこかで、「もう一週間」と思っている自分に気づかされる。もう一週間も一緒に過ごしていながら、いったいなにをやっているのかと。

謹慎中、自分が傍にいることで緩衝材になるのではないかと思っていたが――なにもできていない。それどころか、なにができるのか、それすらまだはっきりせずあやふやだった。

ルカがなにも言ってこないから、よけいに気になる。当のルカはなにを考えていて、どうしたいのか。

——I've fallen in love with you many times...

あの言葉はルカの本心だと信じているし、「僕はルカのものだ」と遠い昔にした約束にしても、わずかな曇りもなく、いまもこの先もそうだと言える。ルカをずっと支えていく覚悟はとうにできていたのだ。

一方で、現状をどうすればいいのか、迷いもある。持て余していると言えるのかもしれない。

子どもの頃は、もっとわかりやすかった。ルカに求められるまま身体《からだ》を与え、慰めれば、自身の役目を果たせたような心境になれた。

自分はルカにとって必要な存在だと肯定できた。

が、いまはあの頃とはちがう。

この一週間、ルカは指一本触れてこない。当然だ。もうルカに慰めは必要ないからだ。外見同様逞《たくま》しく成長し、他人の慰めなどなくても立派に生きていける。

離れていた十数年そうだったように。

駐車場に到着する。車を降りたあとはアパートメントまで並んで歩いた。

「その、箱はなに？」

ルカが脇《わき》に抱えている箱について問うと、愉しげな返答があった。

「あとのお愉しみ」

どうやらこれがカレーの代わりらしい。そう、と一言答えたジョシュアだが、ルカが上機嫌であればあるほど、胸の奥に靄《もや》が広がっていくのを感じていた。

部屋に到着してすぐ買ってきた食材を片づけている間に、ルカは大事そうに抱えていた箱から丸い窪みのあるホットプレートを取り出し、ダイニングテーブルの上に置いた。

「アヒージョですか」

「まあ、それもできるけど」

さらには、食事の下準備も始める。夕食には早い時間だが、料理をするようだ。邪魔をしないよう手は出さず、ここでもルカの作業を眺めるだけにした。

「ルカは、器用ですよね。料理も、その気になればうまくこなせそうです」

「その気がないから。プロに任せたほうがうまいだろ？」

俺のカレーライス以外、とつけ加える。こうまでこだわりがあるのなら、いまの興味の対象はカレーライスというわけか。

「いつか食べてみたいです」

「それには、日本に帰らなきゃ」

料理の手を止めないままそう言ったルカに、

「ですね」

軽い気持ちで同意する。けれど、

「来週、一緒に帰ろう」

まさかこんな話になろうとは、予想だにしていなかった。

「来週、ですか？」

「来週。もう決めた」

「カレーライスのために？」

「カレーライスのために」

だとすれば、なおさら軽々しく頷けない。

「でも……まだフェデリコとも、マルチェロとも会ってないでしょう？」

それなのに、とつい説教めいた口調になってしまう。その場の思いつきで本来の目的をおろそかにするなど、賛同できるわけがなかった。

なにを考えているのか、調味料を加えた小麦粉を水で溶きながらルカはなおも軽い調子で言葉を繋《つな》げていく。

「俺が、ここに残った理由ってわかる？」

「それは、フェデリコと和解するために――」

「なわけない」

即座に否定されて驚いた。だとしたら、自分は初めから勘違いしていたことになる。

「考えてみてよ。あんな頭の固い男と、一週間や二週間で和解できると思う？　一ヵ月かけたって無理だ。死にかけてるからって、気弱になるような性格じゃないだろ」

「………」

そうかもしれない。が、最後になる可能性もあるこの機に、完全な和解は無理でも、多少なりとも互いが納得した関係になれればとルカもそう考えたのではないのか。

「まあ、寝覚めが悪いから、もう一回くらい顔を見ておこうと思ったのは本当。もちろんこっちは少しくらい歩み寄るつもりだってある。いつまでも反抗期を続けるわけにはいかないし。けど、和解となれば別だ。向こうもそんな気はさらさらないって」

まさかそんなふうに考えていたとは。

少なくとも、料理の片手間でする話でないのは確かだ。

「でしたら、なんで残ったんですか」

それでも、ルカの本心を知りたくて質問を重ねる。

「さて、焼こう」

こちらの不安など歯牙《しが》にもかけず、ルカはあらかじめ温めておいたホットプレートの丸い窪みに、液体を流し込んでいく。その後、ぶつ切りにしたタコをひとつずつ入れ、そこに紅生姜《べにしょうが》を散らしていった。

「ルカ」

「わかってるから、ちょっと待って」

待てと言われて、思いのほか動揺していると自覚する。責めたいわけではない。肩の力を抜き、無理やり目の前の料理に意識を向けた。

「スープ状ですけど」

「これが大丈夫なんだよ。俺も、ナナコが作るのを初めて見たときは、こんなジャブジャブな状態で固まるのかよって思ったけど」

「ナナコから教わった料理ですか？」

「というよりナナコ的にはソウルフードかな。あのひと、よほど気が乗ったときしかキッチンに立たなかったけど、むしょうに食べたくなるときがあったらしいよ」

たこ焼き、とルカが続ける。

「タコヤキ」

くり返したあと、自分としては十分待ったつもりで本題に戻ろうとするが、アイスピックを使って器用に生地を返し始めたルカに機会を逸《いっ》する。

「ジョシュもやってみる？」

さらには、これだ。

首を振って辞退しても、構わずルカはアイスピックを押しつけてきた。

「できません」

「コツさえ摑《つか》めば簡単だから、ほら」

強引なルカに、渋々承知する。ルカの真似をしてみたが、案の定うまくいかずに崩れてしまった。

「難しいです」

ほら、できなかったとアイスピックを返そうとしたところ、ルカは受けとらなかったばかりか、それを持つ手の上から自身の手を重ねてきた。

「一回であきらめるなんて」

後ろから介助する形で、生地をくるりと返す。重なった手や背後のルカに最初こそ居心地の悪さを感じて硬くなっていたものの、いくつかこなすうちに綺麗な丸になっていくのがわかり、ルカの手が離れたあともひとつやってみた。

「あ、できた」

咄嗟《とっさ》に声が出る。

「上手だ」

が、すぐ近くで聞こえた声にまた身体が硬くなった。それればかりか、ルカが一方の手を肩に置いてきたせいで距離をとることができなくなる。

「こういう映画、あったよな」

「……そうですか？」

「有名なヤツ。恋人が死んじゃって、ゴーストになってさ」

「あれは、タコヤキじゃないです」

「そりゃそうだろ」

ははは、とルカが笑ったせいで耳に息が触れる。反射的に息を呑《の》んだが、気づいたのか気づかなかったのか、ルカは平然とした様子で口を開いた。

「なんで俺が残ったか、だったっけ」

そうだ。知りたかったのはこれだ。

「帰国する前に、親父《おやじ》の寝室に乗り込んで、もう一回顔を見てちゃんと親父とマイルズに宣言するため。俺は、ルカ・五十嵐《いがらし》・ロマーノとして生きていく。だから、ジョシュを俺に返してもらうって」

「…………」

さらりと口にされた一言を、すぐには受け止められない。そんなことのためにと呆れるべきなのか、それとも喜ぶべきなのか。どんな反応をすべきなのかわからず、結局唇を引き結んだ。

「そのときはジョシュも連れてくから。ジョシュがいないと意味がないしね」

「…………」

「だって、もともとジョシュは俺のだろ？　だったらジョシュは、俺の傍にいて、俺の名前を呼んでくれないと」

確かにそうだ。

見守ると約束したし、傍にいるつもりでいる。ルカのものだというのも、そのとおりだった。ルカの言い分自体になんの不満もないし、むしろ自分で望んでいたことであるにもかかわらず、胸のわだかまりは大きくなる。

「名前を呼ばれたいから、それだけのために傍にいろと」

「ずっと傍にいてくれるって約束しただろ?」

こちらの心情などまったく察することなく、ルカは笑みすら浮かべてそう言った。いや、自分ですら曖昧《あいまい》なのだから、察してくれというのが間違いだ。

「……しました」

それとなく腕でルカを押し、その場から離れようとする。が、ルカはもう一方の手もテーブルに置き、逃げ場を断ってしまう。

「退《ど》いてください」

二度目は最初よりも強く押す。

「厭だ」

まるで子どもみたいな言い方をしたルカに、平静でなんていられなかった。

「あなたが……なにをしたいのかわかりません」

苛立《いらだ》ちをそのままぶつける。

「まるで、試されているような気がして――僕になにをさせたいんですか」

こちらは真剣そのものなのに、ルカには通じない。摑みどころがなく、ふわふわとした雲でも相手にしているみたいだ。

「試す、か」

なにが可笑しいのか、くすりと笑う。

「お互いさまだと思うけど」

「お互いさま？」

意味がわからない。なんの根拠でと問おうとしたとき、ぐいと腕を引かれた。有無を言わさず身体を返され、至近距離で向き合う格好になる。

吐息が触れ合うほど間近で見つめられ、反射的に顔を背《そむ》けていた。

「キスされると思った？」

「………………」

「安心して。しないから」

かあっと頰が熱をもった。それが羞恥心《しゅうちしん》からなのか、怒りからなのか自分でも判然としなかったが、感情のままルカの手を振り払う。

「だったら退いてください」

そのときになって気づく。

この一週間、ずっとあった違和感の正体はこれだったのかと。

ルカは、もう昔みたいな目で自分を見なくなった。愛の言葉を口にし、ずっと傍にいるよう求めてきながら、触れてくるどころか、まともに視線を合わせようともしなくなっている。もし過去の裏切りの代償だというなら、これほど効果的なことはない。

「これ以上、試すような真似はもうやめてください」

裏を返せば、自分は期待していたということになる。熱い目で見つめられ、以前のような激しさで求められたいと。

「なんで？　俺のものなんだから、試したっていいだろ」

なんて身勝手な言い分だ。

怒りがこみ上げ、ルカを睨《ね》めつける。

「俺のものだっていうなら、試す必要はないでしょう。昔みたいにすれば――」

そこで口を閉じる。なにを言おうとしたのか、自分が信じられなかった。

「昔みたいに、か」

そう呟いたルカの声は、どこか自嘲《じちょう》めいていた。

「泣き落とし？　それとも強引に奪う？」

こん、とルカの額が肩にのる。

「それじゃあ、また同じことのくり返しだ。俺は、もう二度とあんな思いをする気はないんだよ」

「……ルカ」

かと思えば身を退《ひ》き、あっさり離れてしまう。

「泣き落としも、無理強《じ》いももうナシだ。ジョシュが心から俺が欲しいって言うまでは触れない。もちろんキスもしないから安心して」

一方的に話を片づけ、同じテンションでタコヤキに話題を移す。

「焼きたて、一緒に食べよう」

それが憎らしくて、なんてひとだ、と心中で吐き捨てた。

殊勝なふりをして、ルカは確信しているのだ。ジョシュはきっと折れる、すべてを許す、触れてほしいと懇願してくると。

だからこそ、「俺のものなんだから、試したっていいだろ」などと少しも悪びれずに言える。

「キスしない?」

この問いには、タコヤキを皿に並べる傍ら、ああとルカは頷いた。

「しない。ジョシュが俺とキスしたくてたまらないって言うまで待つよ」

「そうですか」

ルカの目をタコヤキからこちらへ戻したくて、手を伸ばす。シャツの胸を摑むと、自身に引き寄せ、こちらから唇を近づけ、触れさせた。

「……ジョシュ」

すぐに手を離したあとは、飲み物を用意するために冷蔵庫へ足を向ける。

「じゃあ、僕は言いません。行動に移せばいいだけなので」

心臓の音が大きい。

呼吸が乱れ、手のひらに汗が滲《にじ》んだ。子どもの頃ならいざ知らず、触れるだけの口づけにこれほど緊張し、昂揚《こうよう》するとは——いや、子どもの頃よりも昂揚したかもしれない。

ルカはどう思ったのか。反応がないことが不安で、いますぐ振り向きたい衝動をぐっと堪《こら》える。

どれくらい経《た》ったか。は、と背後でルカが吹き出した。

「やっぱりジョシュには敵わない。俺の負け」

待ちかねた反応に、とうとう我慢ができず振り返った途端、熱く燃えるようなルカのまなざしに射貫《いぬ》かれ、ぶるりと身体が震えた。

「ジョシュに触らせて」

直截《ちょくせつ》な一言に、知《し》らず識《し》らず吐息がこぼれた。

じっと立ち尽くしていると、ルカのほうから歩み寄って手をとり、そこに口づけて再度その唇で懇願してくる。

「身体じゅうにキスして、触って、俺のものだって確認してもいい?」

やっとだ。この言葉を期待していた。胸の高鳴りに負けないよう、一度目を閉じてから、ルカをまっすぐ見つめた。

「そういう言い方をすると、ルカも僕のものになってしまいますけど」

「そんなの、とっくにわかってると思ってた。俺も、出会ったあの日からずっとジョシュのものだったよ」

想像していた以上の返答に、一言ではとても言い表せないいろいろな感情で胸がいっぱいになる。喜び、驚き、あとは切なさも。昔のままの部分もあるが、大半は初めて味わう、新鮮な感情だ。

「――ジョシュ」

他の誰とも比べられない。何度呼ばれようと、自分の名前を口にするルカの声だけが胸に火を灯す。

「もっと、呼んで」

掻《か》き抱《いだ》かれ、ジョシュと甘く呼ばれて自然に笑みがこぼれた。

朧《おぼろ》げな世界で、たったひとつ確かな存在。

強張っていた心が身体ごと溶かされていく感覚を味わいながら、ジョシュアは精一杯の想《おも》いを込めてルカの背中を抱き返した。

Sugar Time

オートロックを解除した和孝《かずたか》は、そわそわしつつ玄関のドアの前で待つ。自分のせいで休業を余儀なくされた申し訳なさもあるが、久しぶりに直接顔を見られる嬉《うれ》しさのほうが大きかった。

待ちかねたインターホンが鳴り、急いで解錠する。

「いらっしゃい」

はやる気持ちのままドアを開けると、そこには両手いっぱいにオレンジの薔薇《ばら》を抱えた村方《むらかた》と、紙袋を提げた津守《つもり》がやけに緊張した面持ちで立っていた。

「やっと、お見舞いに来られました」

村方はそう言うが早いか、見る間に涙ぐみ、ぐすりと鼻を鳴らす。

「おい、泣かないって約束だろ？」

その横で苦笑した津守に、わかってますよと答える様《さま》を前にして、和孝にしてもぐっとこみ上げるものがあった。

「怪我《けが》の具合はどうですか？」

この問いには、順調だと答える。

「そろそろ店に出て、腕慣らししようと思っているところ。あと一週間もすれば、再開できるんじゃないかな」

「やった。ほんとですか。いえ、でも、もっとしっかり休んだほうがよくないですか」

指で目尻を拭《ぬぐ》いながらそう言った村方に、

「どっちだよ」

すかさず津守が突っ込みを入れる。

いつものやりとり、普段どおりのありがたさをあらためて和孝は実感していた。

「とりあえず入って」

ふたりをリビングダイニングに招く。お邪魔しますと遠慮がちに靴を脱いだふたりは、リビングダイニングに一歩入るや否や、おおとも、はあとも言えない声を漏らした。

気持ちはわかる。

マンションとは思えない立派な門や広いリビングダイニング、最上階ならではの中庭、さらには寝室にあるシャワーブース。和孝にしても、当初はそれらを目にするたび、無駄に豪華だと居心地の悪さを覚えた。

もっとも他はさておき、シャワーブースに関してはすぐに慣れ、重宝してきたが。

「僕と津守さんからです。あ、花瓶があるかわからなかったので」

村方は綺麗《きれい》にラッピングされた籠《かご》盛りの薔薇を、胡蝶蘭《こちょうらん》の隣に置く。白とオレンジが並んだことで、室内がいつになく華やかになった。

「それと、これ」

津守が差し出した紙袋を受けとる。行列ができる店とメディアでもたびたびとりあげられているパン屋のロゴを見て中を覗《のぞ》いてみると、サンドイッチやスイーツパン等、思わず腹の虫が鳴りそうな見た目のパンが入っていた。

「ありがとう。コーヒー淹《い》れるから、一緒に食べよう」

昼食には少し早いけど、と誘い、キッチンへ足を向ける。津守が皿やカップを用意し、村方がコーヒーを淹れる手伝いをそれとなくしてくれ、いますぐにでも休業を撤回したくなった。

「ほんと、寿命が縮みましたよ。その彫刻家のひとって、何者ですか」

三人で向かい合って座り、パンを食す傍ら、憤慨した様子で村方が切り出す。怪我に至った経緯については電話で伝えていたものの、五十嵐《いがらし》サイドの揉《も》め事に巻き込まれたと説明しただけで詳細についてはまだ話していなかった。無論、銃で撃たれた怪我だというのも含めて。

「俺、言ってなかったか？　フェデリコ・ロマーノの隠し子らしい」

さらりと答えた津守に、つかの間、村方が黙り込む。かと思えば、これ以上ないほど両目を大きく見開いた。

「え、え、嘘《うそ》……ほんとに？」

まるで誰かに聞かれては大変とばかりに周囲を見回す様に、そうなるよなと頷《うなず》く。相手が大物すぎるがゆえに現実味が薄いのだ。

「隠し子が日本にいて、オーナーが依頼した彫刻家だったってことですか。でも、それって、なんだか――」

「言いたいことはわかる」

村方が言い終わらないうちに同意した津守には、苦笑するしかない。自分でもいいかげんうんざりしているのだ。

これまでのトラブルのほとんどは久遠《くどう》絡みだとはいえ、明らかにそうでない場合もあった。

榊《さかき》につき纏《まと》われた件と、今回の五十嵐に関する出来事は自分自身の問題だと言わざるを得ない。世の中は想像が及ばないような事態が起こり得るのだと、知る機会にもなった。

いや、それを言えば、久遠と再会してからは想像できないことの連続だった。狭い世界で生きていたのだから当然と言えば当然だ。

「にしても」

津守がため息をこぼす。

「今回は俺、待機しかしてなかったからな。待ってるうちに全部終わった」

五十嵐のマネージャーの自宅住所を突き止めたのは、宮原《みやはら》と津守だと聞いている。が、もともと実家の警備会社で現場に出ていた津守にとって待機はよほどストレスだったのか、目に見えて肩を落とした。

「それを言ったら、僕なんかいつもです。役に立ってないっていうなら、断然僕ですからね」

村方が唇を尖らせた。

「村方には、俺らのマスコットっていう大役があるじゃないか」

「嬉しくないです」

「なんでだよ。俺はすごく癒《い》やされてるのに」

津守の言うとおりだ。村方の存在にどれだけ助けられてきたか。それに――。

「俺も村方くんに癒やされてる。役に立つとか立たないとかじゃなくて、いてくれるだけでいいって、すごいことだよな」

津守の受け売りだ。大切な相手であれば、傍《そば》にいたいと思うのは自然だし、いてくれるだけで安心する。

津守と村方は初めてできた友人であり、仕事においては同志でもあるため、特別な存在であるのは間違いなかった。

「オーナー……感激です」

村方が手を胸にやる。

なんだか気恥ずかしくなり、サンドイッチを頬張《ほおば》ることでごまかした。

「これ、玉ねぎとツナだけなのにすごくうまい」

さすが人気店だけある。パンがしっとりとしてやわらかく、塩味もちょうどいい。

「こっちの卵も」

津守がすぐにのってきた。

「キウイサンドもおいしかったですよ」

そう言った村方は、目尻に涙を溜めたままだ。

休業を余儀なくされて二週間、いいかげん鬱々《うつうつ》としていたが、休みをとったおかげでこうして三人でゆっくり過ごす時間を持てたのだから、悪いことばかりではなかったと思うことにする。

『月の雫《しずく》』の話を聞きながら、和気藹々《あいあい》と二杯目のコーヒーを飲んでいたときだった。リビングダイニングのドアが開くと同時に、完全に油断していた和孝は、あ、と声を上げていた。

今日、津守と村方が見舞いに来ることは事前に話したものの、時間までは伝えなかった。久遠の自宅で世話になっているのに、その時間帰ってこないようにと暗に匂《にお》わせるような気がしたせいだ。

「お邪魔してます」

津守の挨拶《あいさつ》にネクタイを緩める手を止めた久遠は、ふたりに軽く目礼すると、カウンターの上の灰皿を手にする。

「ごゆっくり」

その一言で出ていこうとする背中に、慌てて声をかけた。

「あ、っと。おかえり。コーヒー持っていこうか？」

なにをいまさら緊張しているんだと内心で自身に呆《あき》れる。普段どおりにすればいいいだけ、と思ううちにも、

「いや、いらない」

久遠はリビングダイニングを出ていった。まもなく書斎のドアの音がして、和孝は半ば無意識のうちにぎゅっと握っていた手を解《ほど》いた。

「……お邪魔してます」

村方が、ぽつりと呟《つぶや》く。

「って僕も言おうとしたんです。でもなんだか圧倒されて……すごく感じ悪かったかも」

すみません、と頭を下げる村方に、大丈夫と返す。こんな状況では誰でも驚くだろうし、相手が久遠ではなおさら致し方ない。

「しょうがない。何度も会っている俺ですら、なんだか声が裏返ったし」

とはいえ、これは意外で津守を窺《うかが》う。本人が言ったように何度も会ってるはずなのに、と首を傾げたところ、津守が頭を掻《か》いた。

「なんというか、自宅で、柚木さんの前だとちょっと雰囲気がちがうんだなって。いや、当たり前なんだろうけど、なんだかびっくりして」

すかさず村方が首を何度も縦に動かす。

「やっぱり。オーナーもちがいましたよね」

「そこはまあ、柚木さんはわかるだろ」

「そうなんですけど、ふたり一緒のところ初めて見たので」

「スルーするのが大人の対応だからな」

ふたりの会話をとても聞いていられず、和孝はソファから立ち上がった。

「そうだ。コーヒーのおかわりを」

だが、ふたりが辞退したため、キッチンに逃げ込むこともできなかった。

「予定外に長居をしてしまったから、俺たちはそろそろ帰ります」

津守がそう言い、

「あ、ですね」

村方も腰を上げる。皿洗いまですませて帰っていったふたりに、礼もそこそこになってしまうほど引《ひ》き摺《ず》るはめになり、玄関のドアを閉めてひとりになってから急に羞恥心《しゅうちしん》に駆られた。

「……なんだよ。俺はわかるって」

そんなにわかりやすいとは——普段自分がどういう顔を久遠に見せているのかと思うといたたまれない気持ちになる。

しばらくその場で頭を抱えていた和孝は、くるりと向きを変え、リビングダイニングではなく書斎へ足を向けた。

ノックをし、ドアを開ける。ふわりと漂うマルボロの匂いを嗅ぎながら、ちょうど電話を終えたばかりなのだろう、デスクに携帯を置いた久遠に歩み寄った。

「なんだ、愉《たの》しかったんじゃないのか?」

「まあ」

デスクに歩み寄り、いまあったことを久遠に話す。

「そんなにあからさまだったなんて。俺、普段、どんな顔して久遠さんといるんだよって話」

自身に呆れてかぶりを振った和孝の頬に触れてきた久遠が、ふっと唇を左右に引いた。

「俺好みの美人だから安心しろ」

「………」

そういうことじゃないと返そうとして、気が変わる。久遠の好みだというなら、なんの不満もなかった。

あの事故で記憶障害になって以降、わかりやすく愛情を示してくれるようになった、と感じている。それが存在自体を忘れたことへの罪滅ぼしでも、手懐けるための手段であっても、和孝は素直に嬉しかった。

「フランス人のお墨つきだ」

久遠の視線がデスクの上の携帯に流れる。さっきまで電話していた相手は、どうやらディディエのようだ。

「見舞いの品を送ったらしい」

「そうなんだ？　なんだか申し訳ない」

ディディエにすれば、自分が紹介したマイルズ絡みだからというのはあるだろう。実際は無関係だとはいえ、五十嵐が執着している相手であるのは間違いない。

「ふたり分だと」

「ふたり？」

「俺のメンタルの心配までしていた。おまえに対して砂糖菓子みたいに甘いから、ショックを受けたんじゃないかと」

「砂糖菓子って」

表現がいかにもディディエらしい。ふたり分とは、さすがと言うべきか。

いた。

　第三者から見てもそうなのかと思うと、なんだか照れくさくもあった。くすぐったい気分になった和孝は、椅子《いす》に座った久遠の大腿《だいたい》を跨《また》いで肩に顎《あご》をのせてから、ひとつ息をついた。

「まさかフランス人の友だちができるなんて」

　ディディエの人懐っこい笑顔を思い出す。あの榊が強く出られなかったほど自由で、おおらかなひとだ。

「それを言えば、ロマーノ家の人間と接点ができたことが一番の驚きか。まさか五十嵐さんが、フェデリコ・ロマーノの息子だとは……ほんとびっくり」

　五十嵐の印象はお世辞にもいいとは言えない。同情すべき部分があるからといって、差し引きゼロにするほどお人よしではなかった。

「あのひと、格好つけて悪ぶって見せてるけど、中身は子どもだよな」

　もし次に話す機会があったら、文句のひとつもぶつけてやりたい。一方で、根は案外純情なのではないかとも思っている。

「だって、平気で俺のことを拉致《らち》したくせに、肝心の相手にはなにもできないなんて、構ってほしい子どもみたいで笑える」

　もっともその一点に関してなら、五十嵐の心情は理解できる。自分を見てほしい、気にかけてほしいと駄々をこねているうちは、どうしていいのかわからずじれったくなるものだ。

「他人を巻き込んだ時点で、笑い事じゃすまされない」

久遠の賛同は得られなかったが、確かにそうだ。たとえば怪我をしたのが久遠だったとしたら、自分にしても純情なんて言葉はとても思い浮かばなかった。

「五十嵐さん、いつまで向こうにいる気なんだろ。うちの作品、本気で創《つく》る気あるのかな」

あまり待たされたくないという意味でそう言った和孝に、

「もういいだろう」

久遠がうんざりした様子でそう言った。

「俺の上で、いつまで他の男の話をするつもりだ？」

「そうだね。もうやめる」

久遠の言うとおりだった。せっかくこうしてふたりでいるのに、他の誰かの話はもう終わりにすべきだ。

「冴島《さえじま》先生の許可をもらったら、来週あたりから店の掃除とか調理とか始めようと思ってる」

「そうか」

「久遠さんがあんまり俺を甘やかすから、早く復帰しないとまずいんだよな」

常日頃から頻繁に行き来しているとはいえ、今回久遠宅で世話になることには躊躇《ちゅうちょ》があった。最初に居候《いそうろう》していたときを除けば、これまでになく長い滞在になるとわかっていたし、なにもできない状況ではさぞストレスが溜まるに決まっている、そう考えたのだ。

が、まったくの杞憂《きゆう》だった。

それどころかすでに自宅に戻れる状態まで回復したにもかかわらず、完治するまでという理由をつけて居座っているほどなのだ。

「このままだらだらと居座って、帰れなくなったら困る」

お門違いと承知で久遠のせいにする。

「俺は、帰ったほうがいいとは一言も言ってないが？」

「だから困るんだって」

息がつまる、早く自宅へ帰って羽を伸ばしたい、そう思えた頃はよかった。自分はひとりが性に合っているし、自立した大人だと信じられた。

それが、いまはどうだ。

甘やかされて心地いいと感じ、これ以上ここにいると、ますます自分の部屋に帰りたくなくなるのは目に見えている。

「店の再開が決まったら、家に帰るよ。引っ越しして間もないし、このまま久遠さんに飼い殺しにされるのは厭《いや》だしね」

あえて軽い言い方をした。思ったとおり引き止められることはなく、そうかの一言だった。

「だから、俺にしてほしいこととかあるんなら、いまのうちに言っといたほうがいいよ。お世話になったから、この際なんでもするけど――そうだな、三つまでなら」

肩から顎を上げた和孝は、久遠の前で指を三本立てる。

あえて制限を設けたのだから、多少は考えて決めてほしかったけれど、久遠は即座に最初のひとつを口にした。

「それなら、マイクロチップを埋めてもらうか」

しかも、これだ。

次になにかあったときはマイクロチップだと、先日言われたのを憶《おぼ》えている。が、今回は一連の災難であって、次には当たらないのでは、と期待を込めて笑顔で応じた。

「いやでも、そういうので一回使うのはもったいないと思うよ。せっかくなんだから、もっとこうさあ」

「安心しろ。そっちは残してある」

「…………」

こうまで言われると、返す言葉はない。実際のところ半分あきらめの境地にもなっていた。ようは、なにをするときも久遠を意識してしまう自分が容易に想像できるため、抵抗があるだけなのだ。

近くのコンビニに行く際ですら、もしかしたら久遠がチェックしているかもしれないと思うと落ち着かなくなるだろう。車を使う用でもあれば、先に断っておこうと、いちいち電話を入れたくなる可能性もある。

つまりは気持ちの問題だ。

「俺、マイクロチップに支配されそう」

怖っ、と続けた和孝に、久遠が鼻で笑った。

「そう思うくらいでちょうどいいんじゃないか?」

どうやら久遠は本気のようだ。これ以上あがいても無駄と悟り、早々に降参する。

「……わかった」

いったい久遠は、どんなことをしてほしいのだろうかと、多少なりともどきどきしていたせいで、出鼻をくじかれた格好になった。この調子で残りふたつもなにを言われるか――。

「あとふたつは?」

身構えつつ問う。

「ふたつもいらない」

久遠の答えは意外なものだった。

「ひとつで十分だ。なんだと思う？」

「え……なんだろ」

マイクロチップに近いものから、ベッドでのあられもないプレイに至るまで、一瞬のうちにいろいろな予想が頭を駆け巡る。直後、額を指で弾《はじ》かれた。

「いっ……た」

まさかの展開に、涙目になって額を手で押さえる。いきなりどうしたのか、わけがわからない。

「脚の怪我に比べれば、たいしたことはないだろう」

もしかしていまさら叱責《しっせき》か。覚悟して背筋を伸ばした和孝の前で、久遠が眉間《みけん》に縦皺《たてじわ》を刻んだ。

「頼むから、こういうのは勘弁してくれ」

「――――」

思いのほか真摯《しんし》な表情に、息を呑《の》む。生きた心地がしないという経験は和孝にもあるだけに、久遠の一言に胸の奥がぎゅっと締めつけられた。

「それが望み？」

「ああ、それが望みだ」

「うん。わかった」

鼻先に口づける。それから唇にもキスをすると、大きな手のひらを背中に感じて、その力強さに和孝は恍惚《こうこつ》となった。自分自身が砂糖菓子に変えられたような心地で。

普段以上に甘い口づけにたちまちまともな思考や理性は消え去り、与えられる愉悦《ゆえつ》に酔いしれるのに時間はかからなかった。

あとがき

こんにちは。高岡《たかおか》です。前巻のあとがきに書きましたとおり、今巻では久遠《くどう》と和孝《かずたか》に並行してルカとジョシュアの物語になっています。

和孝は相変わらず変なひとを引き寄せるのですが、たぶんいろいろ面倒くさく考えすぎなんだと思います。自分でもそのへんは自覚していますし。性分というのはなかなか変えられないなあ、と。

反して久遠は合理的な男なので、案外思考はわかりやすいかもしれません。そしてルカとジョシュアはいわゆる両片想いのせいで、十年以上連絡すらとり合っていなかった、なかなかこじらせているふたりです。

すっかりできあがった主役たちと、やっとスタートラインに立った新キャラたちのお話になる続・劇場版の今作、お迎えいただけましたらとてもとても嬉《うれ》しいです。そして、その際にはぜひ『共鳴《きょうめい》』と並べて、沖《おき》先生の素敵なイラストを堪能してくださいませ。

高岡ミズミ

『VIP《ブイアイピー》　はつ恋《こい》』、いかがでしたか？

高岡《たかおか》ミズミ先生、イラストの沖麻実也《おきまみや》先生への、みなさまのお便りをお待ちしております。

高岡ミズミ先生のファンレターのあて先
〒112-8001　東京都文京区音羽2-12-21　講談社　講談社文庫出版部「高岡ミズミ先生」係

沖麻実也先生のファンレターのあて先
〒112-8001　東京都文京区音羽2-12-21　講談社　講談社文庫出版部「沖麻実也先生」係

N.D.C.913　254p　15cm

高岡ミズミ（たかおか・みずみ）
山口県出身。デビュー作は「可愛《かわい》いひと。」（全９巻）。
主な著書に「ＶＩＰ《ブイアイピー》」シリーズ、「薔薇《ばら》王院《おういん》可憐《かれん》のサロン事件簿」シリーズ。
Twitter　@takavivimizu

講談社X文庫
KODANSHA

white heart

VIP《ブイアイピー》　はつ恋《こい》

高岡《たかおか》ミズミ

●

2023年４月３日　第１刷発行

定価はカバーに表示してあります。

発行者――鈴木章一
発行所――株式会社 講談社
東京都文京区音羽2-12-21 〒112-8001
電話 編集 03-5395-3510
販売 03-5395-5817
業務 03-5395-3615
本文印刷―株式会社ＫＰＳプロダクツ
製本―――株式会社国宝社
カバー印刷―半七写真印刷工業株式会社
本文データ制作―講談社デジタル製作
デザイン―山口　馨

ISBN978-4-06-530963-6

VIP はつ恋

高岡ミズミ

white heart

講談社X文庫